CB061060

# A ÁFRICA RECONTADA PARA CRIANÇAS

# A ÁFRICA RECONTADA PARA CRIANÇAS

## Avani Souza Silva

PROJETO REALIZADO COM
RECURSOS DO EDITAL PROAC Nº37/2014
– "CONCURSO PARA BOLSA DE INCENTIVO
À CRIAÇÃO LITERÁRIA NO ESTADO DE SÃO PAULO
– INFANTIL E/OU JUVENIL".

MARTIN CLARET

Para os meus pais,
pela nossa história sem fim...

# SUMÁRIO

Prefácio **9**

## A ÁFRICA RECONTADA PARA CRIANÇAS

### ANGOLA
Os velhos e sua sabedoria **19**
O filhote do leopardo e o cabrito **23**
O leão e o chacal **29**

### CABO VERDE
A adivinha **37**
O boi Blimundo **41**
O lobo e o Chibinho **51**

## GUINÉ-BISSAU

A lebre e a choca **63**

Como o alma-biafada virou rei das aves **69**

O tambor africano **75**

## MOÇAMBIQUE

O camaleão e a girafa **83**

O coelho e o gato-bravo **87**

O casaco de pele do coelho **93**

## SÃO TOMÉ E PRÍNCIPE

A história de Canta-Galo **101**

O galo, a galinha e o falcão **105**

Quanto custa um escravo? **109**

Posfácio **115**

Sobre a autora **119**

# PREFÁCIO

MARANA BORGES*

O leitor tem diante de si uma obra singular no mercado editorial brasileiro. Esta antologia de contos tradicionais e fábulas recria, com esmero e criatividade, uma fatia importante e representativa das narrativas orais infantis de países africanos, todos eles pertencentes à comunidade da língua portuguesa.

De Moçambique a Angola, passando por São Tomé e Príncipe, Guiné-Bissau e Cabo Verde, é a língua portuguesa que os une. Que nos une. Não só: também o passado colonial sob a autoridade da metrópole portuguesa, responsável pela criação de um circuito transatlântico de venda de escravizados para o Brasil que durou até o século XIX e cujas marcas na sociedade e na cultura brasileiras ainda são visíveis. Não há como negar: nós, brasileiros, também somos africanos.

Em que pesem todas as relações históricas e de identidade com o Brasil, ainda é possível constatar que esse continente

---

* Formada em Jornalismo na Universidade de São Paulo e mestre em Teoria da Literatura pela Universidade de Lisboa, onde desenvolve o doutorado.

rico e milenar limita-se em muitas livrarias às prateleiras de guias de viagem para destinos exóticos. Felizmente, na última década, escritores e pensadores africanos começaram a se projetar com envergadura no mercado editorial, em grande medida na esteira aberta pelo moçambicano Mia Couto.

Mas ainda falta muito. A lei 11.645 bem como as diretrizes da lei 10.639, que preveem o ensino, do fundamental ao médio, da história e cultura afro-brasileira e indígena, se por um lado representam um inegável avanço, por outro, sua implementação carece de educadores comprometidos com essas temáticas e com uma visão não reducionista ou folclórica do continente africano e dos povos nativos do Brasil. Continua a haver um vácuo quanto à literatura infantil, e este é um dos méritos da pesquisadora e escritora Avani Souza Silva: dar a conhecer as histórias africanas contadas para crianças. Fazê-lo é também reconhecer o caráter marcadamente oral dessas narrativas, que eram (e ainda são) contadas pelos mais velhos durante os serões, ocasiões nas quais a família e a vizinhança partilham saberes. Daí que a linguagem dos textos de *A África Recontada para Crianças* também busque preservar essas marcas orais, e não sobrepor-se a elas.

É interessante notar a versatilidade das histórias, nem sempre acompanhadas do forte apelo moral e cariz pedagógico, recorrente em muitos textos de literatura infantil. Por isso mesmo, elas são mais criativas. Conferem à criança o direito à imaginação. Mais do que ensinar bons costumes, pretendem explicar coisas tão distintas como fenômenos naturais ou a relação entre as espécies.

São histórias, acima de tudo, bem humoradas. Atravessadas por adivinhas, músicas, descrições de gastronomia, vestimentas e tantos outros elementos que formam a cultura de um país e expandem nosso conhecimento sobre os povos africanos. A autora (ou, melhor, "recontadora") não se poupa o trabalho de colocar glossário quando é preciso, nem muito menos de, com a leveza e simplicidade típicas de seu texto, explicar o significado de termos ou produtos crioulos.

A presença basilar dos animais torna a maior parte dos relatos em fábulas; são os bichos que em geral falam com as pessoas e guiam as peripécias do enredo. Por aí vê-se a ligação ainda forte entre o homem africano e a natureza.

*O boi Blimundo* é, certamente, o ponto alto do livro. A lenda cabo-verdiana do "mais bonito e o mais forte boi do mundo", que foge do trabalho escravo, maçante e repetitivo, para viver livre é, ao mesmo tempo, a crítica mais feroz ao sistema colonial de exploração e à escravização em vigor no arquipélago até 1878. A inclusão, no livro, da história "Quanto custa um escravo?", de São Tomé e Príncipe, também foi uma escolha corajosa: Avani incomoda, pois não se furta de olhar a literatura infantil também como veículo da violência. Se aqui nos salta à vista o absurdo colonial, em *O boi Blimundo*, é a alegoria libertária e o poético que conferem outro alcance ao texto. A linguagem poética é tão bem empregada por Avani que nos faz repetir em voz alta as frases, mesmo que as estejamos lendo sozinhos, só para ouvir os sons das palavras encadeadas.

Pela criatividade, pelo valor dado à oralidade, pela adequação da linguagem, pela ousada tarefa de divulgar a cultura africana dos países de língua portuguesa, pela atenção dada à narrativa oral e infantil — o livro merece o melhor dos destaques não somente nas livrarias, mas sobretudo na sala de aula e dentro de nossas casas, onde talvez ainda seja possível reaver as rodas de histórias nos serões ao fim do dia.

Um tributo à África, à língua portuguesa e aos contadores de histórias. As crianças agradecerão, e nós, adultos, também.

# A ÁFRICA RECONTADA PARA CRIANÇAS

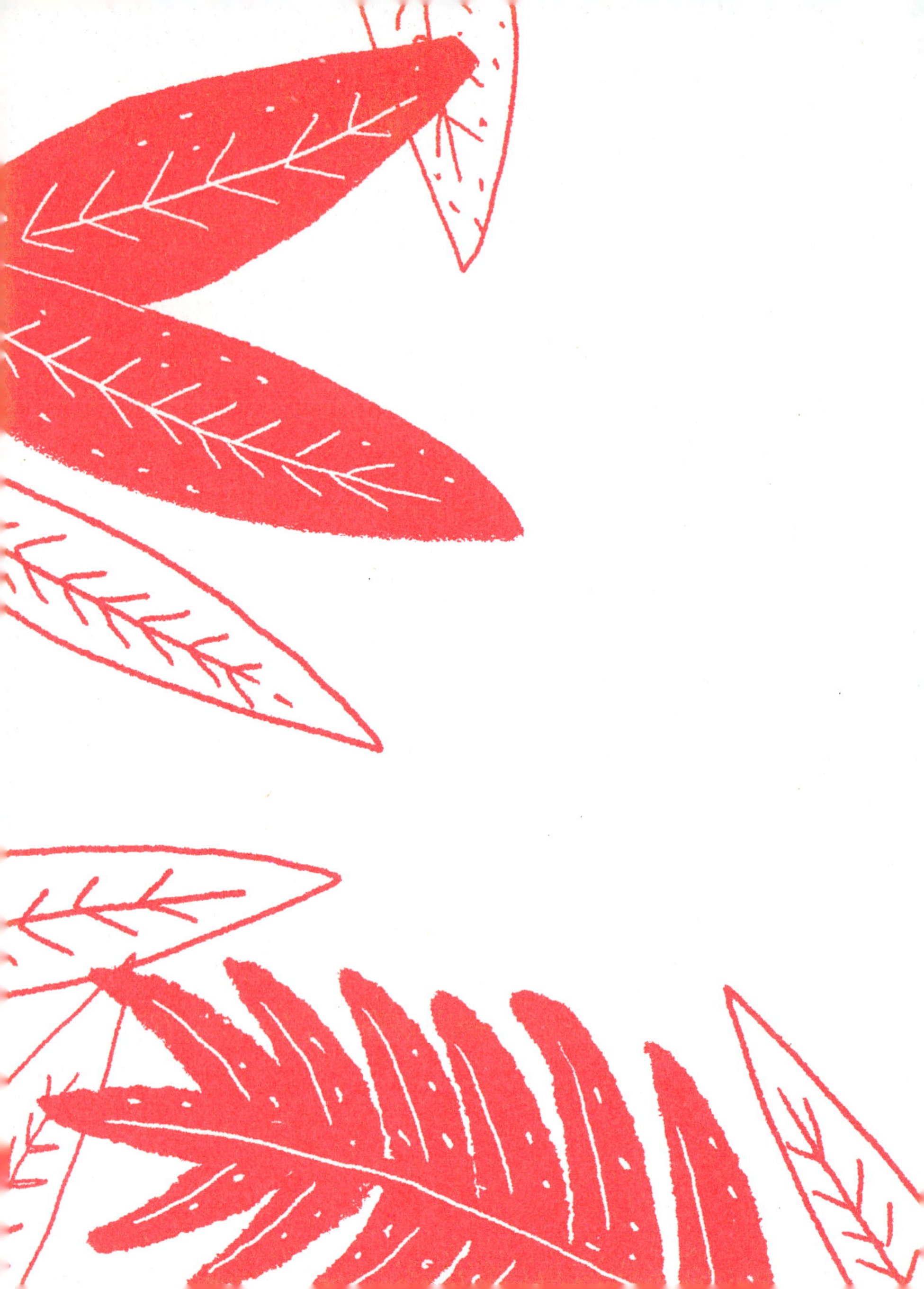

# ANGOLA

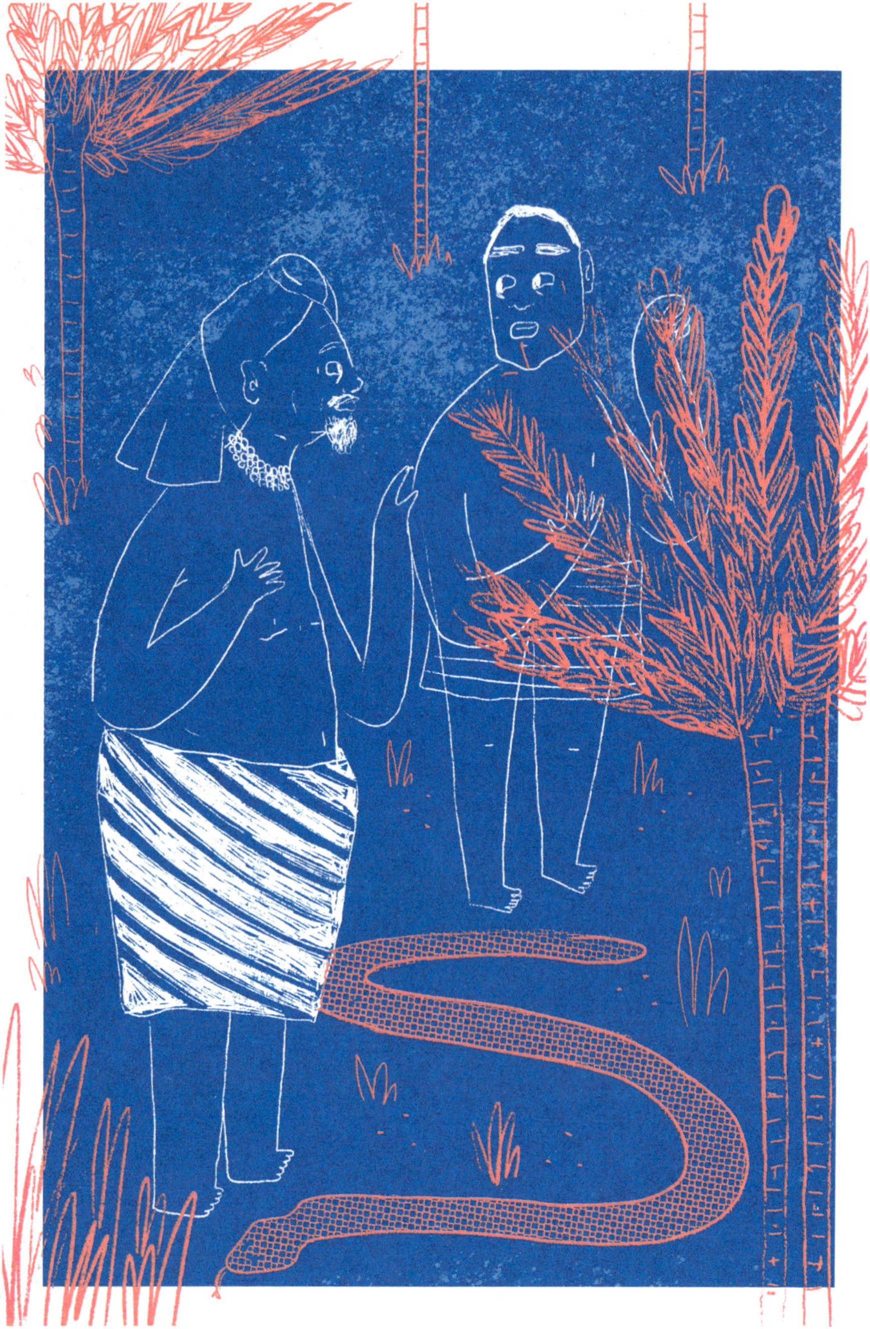

# OS VELHOS E SUA SABEDORIA

Nas sociedades africanas, as pessoas idosas são muito importantes, pois são elas que detêm a sabedoria. Elas são consideradas as guardiãs da memória e da história do seu povo, transmitindo saberes e conselhos para as gerações mais novas.

No entanto, em determinado lugar, o Soba[1] não queria mais velhos na sua aldeia.

---

[1] É o chefe da aldeia.

Ele reuniu todos os rapazes e comunicou a eles sua decisão: mandar embora todos os velhos e que ele, o Soba, com a ajuda dos rapazes, que eram jovens, governaria e mandaria na aldeia ao seu modo, sem a interferência e conselhos dos velhos.

Os rapazes concordaram com o Soba, e levaram os velhos para outras aldeias distantes. Porém, um dos jovens, não concordando com aquilo, não quis levar o seu tio para as aldeias distantes, porque ele já era muito idoso e não poderia viver sozinho. Com pena do tio, o jovem o escondeu numa palhota[2] no meio do mato, e todos os dias, sem que ninguém soubesse, ia lá levar comida para ele.

Uma noite, enquanto o Soba estava dormindo, entrou uma cobra, subiu na esteira e se enrolou no pescoço dele. E ficou lá, enrolada. Desesperado, o Soba não podia falar, não podia gritar, não podia se mexer com medo de ser picado pela cobra. Ele se comunicava com o olhar desesperado. Tinha até medo de piscar.

Os rapazes não sabiam o que fazer, pois se tentassem matar a cobra com um pau, poderiam atingir o Soba. As pessoas foram visitar o Soba, mas nenhuma tinha uma ideia de como livrá-lo da cobra que estava enrolada no pescoço dele.

E os dias foram passando. O Soba foi emagrecendo, porque não comia, não bebia nada nem se mexia de medo de ser picado pela cobra. E ninguém sabia o que fazer.

O jovem que havia escondido o tio na mata foi visitá-lo e se desculpou por não ter ido naqueles dias:

---

[2] Palhota – palhoça, habitação feita de barro e coberta com palha ou folhas de palmeira. (N. A.)

— O Soba está deitado na esteira com uma cobra enrolada no pescoço dele. Ele está emagrecendo, ficando fraco, porque não come, não bebe. Ele nem fala, porque qualquer movimento que ele fizer, a cobra pode matá-lo com uma picada.

O tio disse que essas coisas acontecem, porque há pessoas que são ruins, mas ele ensinaria um modo de ajudar o Soba a se livrar da cobra. E ensinou ao jovem como proceder.

Quando o jovem retornou à aldeia, pegou um grilo, amarrou-o pela perna e o prendeu perto do Soba. Quando o grilo começou a cantar, a cobra se desenrolou do pescoço do Soba para pegar o grilo. Nisso, mais do que depressa o jovem deu-lhe uma paulada, matando-a.

O Soba se levantou muito fraco. Depois de uns dias de descanso e de boa alimentação, já recuperado, o Soba perguntou quem tivera a sabedoria de fazer a armadilha com o grilo para atrair e matar a cobra.

Indicaram-lhe o jovem. Então o Soba perguntou para ele:
— Como você teve a sabedoria de me salvar?

O jovem respondeu:
— Recebi esse conselho do meu velho tio, que eu escondi na mata, porque não queria que ele fosse mandado embora para terras distantes, como os outros velhos da aldeia.

O Soba, sentindo-se culpado e envergonhado por ter mandado fazer aquilo com os velhos, mandou chamar de volta o tio do jovem e o recompensou por ele ter salvado a sua vida: deu-lhe uma parte do seu território e a permissão que ele recolhesse impostos com os quais pudesse viver, como se ele fosse um verdadeiro Soba, já que tinha muita sabedoria.

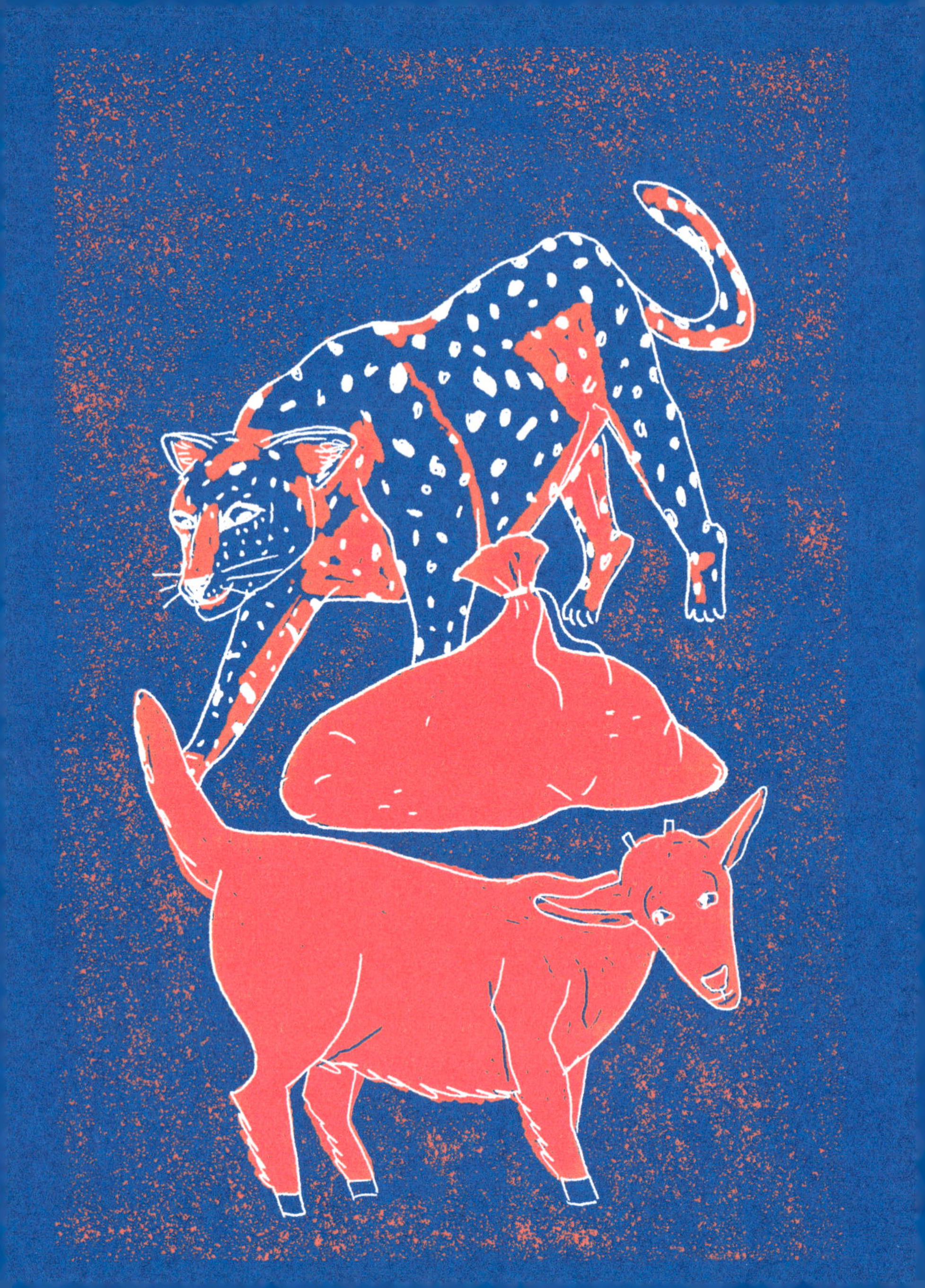

# O FILHOTE DO LEOPARDO E O CABRITO

Um pequeno leopardo era amigo de um cabrito, e brincavam sempre juntos. Era sempre o cabrito que visitava o leopardo, chamando-o para brincarem. Os pais do leopardo viviam caçando. E o pequeno leopardo tinha de ficar tomando conta da casa. Por isso era sempre o cabrito que o visitava, chamando-o para brincar.

Até que um dia o pequeno leopardo disse para o pai que o cabrito costumava frequentar a casa deles, chamando-o sempre para brincar. O pai mais do que depressa lhe disse:

— Meu filho, não seja tolo. Você não pode brincar com o cabrito. A cabra é o nosso alimento. Nós a matamos e a comemos. Ela é a nossa comida preferida, uma carne bem suculenta. Olhe, quando ele vier amanhã, não o deixe ir embora. Prenda-o para que nós possamos comê-lo. Peça para ele entrar neste saco, diga assim: — "Vamos brincar de saco? Entre aqui." Quando ele entrar, você puxa a corda para fechar a boca do saco e ele não fugir. E bata bastante no saco com este pau. Entendeu?

O filho disse que entendeu tudo e que faria do jeito que o pai aconselhou.

No outro dia, quando o cabrito chegou, brincaram, brincaram, brincaram bastante. Depois o leopardo disse para ele:

— Entre no saco para brincarmos de saco.

O cabrito entrou no saco e o amigo apertou a corda, fechando a boca do saco. O cabrito gritou:

— Meu amigo, me deixe sair do saco!

E o leopardo:

— Vamos brincar de saco, fique mais um pouco aí.

E o cabrito:

— Olhe, eu não posso ficar mais tempo, porque estou apertado e vou fazer xixi no saco!

Temendo que o cabrito fizesse xixi no saco, o leopardo abriu o saco e o soltou.

Continuaram a brincar, até que ficou tarde e o cabrito se despediu e foi embora para a casa dele, prometendo voltar no dia seguinte para continuarem com as brincadeiras.

Quando o pai do leopardo chegou, perguntou ao filho sobre o cabrito. O filho respondeu que, como o cabrito queria fazer xixi no saco, achou melhor soltá-lo. O pai o considerou muito ingênuo e disse que não tinha importância se o cabrito sujasse o saco, o que importava era pegar o cabrito:

— Se o cabrito quiser fazer xixi no saco, não tem importância. Deixe-o fazer, não o solte. Depois eu lavo o saco. O importante é pegar o cabrito, entende? E se ele ameaçar que vai sujar o saco, não se importe. Diga para ele: "O saco é meu, posso lavá-lo!".

Pai e filho estavam conversando e não notaram que o cabrito tinha aparecido e ouvido toda a conversa. Ele ficou escondido.

Tão logo o pai se afastou, o cabrito saiu do esconderijo, convidando o leopardo para brincarem. Brincaram, brincaram. Quando o leopardo pediu para ele entrar no saco, ele entrou. Mas logo em seguida pediu:

— Me tire do saco!

E o leopardo:

— Agora não, mais tarde, vamos continuar brincando de saco.

E o cabrito:

— Se você não me tirar daqui eu vou estragar o saco!

O leopardo, com medo que o cabrito estragasse o saco, abriu e o soltou.

Assim que o cabrito saiu do saco, ele falou para o leopardo, apontando o saco:

— Agora é a sua vez!

O leopardo entrou no saco. O cabrito imediatamente fechou o saco e começou a bater nele com o pau até matá-lo. Depois ele se deitou na cama do pai do leopardo e ficou lá coberto, bem quietinho. Quando o pai do leopardo chegou chamou pelo filho:

— Filho, onde você está?

Imitando a voz do filhote de leopardo, o cabrito respondeu:

— Estou aqui, paizinho, descansando um pouco. Matei o cabrito, ele está no saco. Mas não abra o saco agora, porque eu tenho uma surpresa.

— Tudo bem, respondeu o pai.

A mulher do leopardo esquentou um caldeirão de água e despejou sobre o saco para escaldar o cabrito que ela achava que estava dentro do saco. O cabrito levantou-se sorrateiramente, coberto com o lençol do leopardo e começou a esfolar, tirar o pelo, a cabeça, as garras do animal. Tudo pronto, voltou quietinho para a cama. Depois de um tempo, o pai chamou o filho para jantarem. E o cabrito, imitando a voz do leopardo, disse:

— Não posso sentar-me à mesa porque estou cansado, o senhor pode me trazer a comida aqui na cama?

O pai levou para ele o prato quentinho, e não notou que era o cabrito, pois ele ainda estava coberto com o lençol.

Depois que bem comeu, bem se alimentou, o cabrito levantou-se e começou a correr, gritando:

— Pois é, leopardo. Pensou que fosse muito esperto, é? Eu estou bem vivo e você comeu o seu filho!

O leopardo tentou ainda correr atrás do cabrito, mas ele sumiu e não deixou sinal.

É por isso que até hoje o leopardo é inimigo do cabrito e de sua família, pois não se conforma como ele, sendo amigo do seu filho, comeu-o. Nunca mais nenhum leopardo brincou com nenhum cabrito.

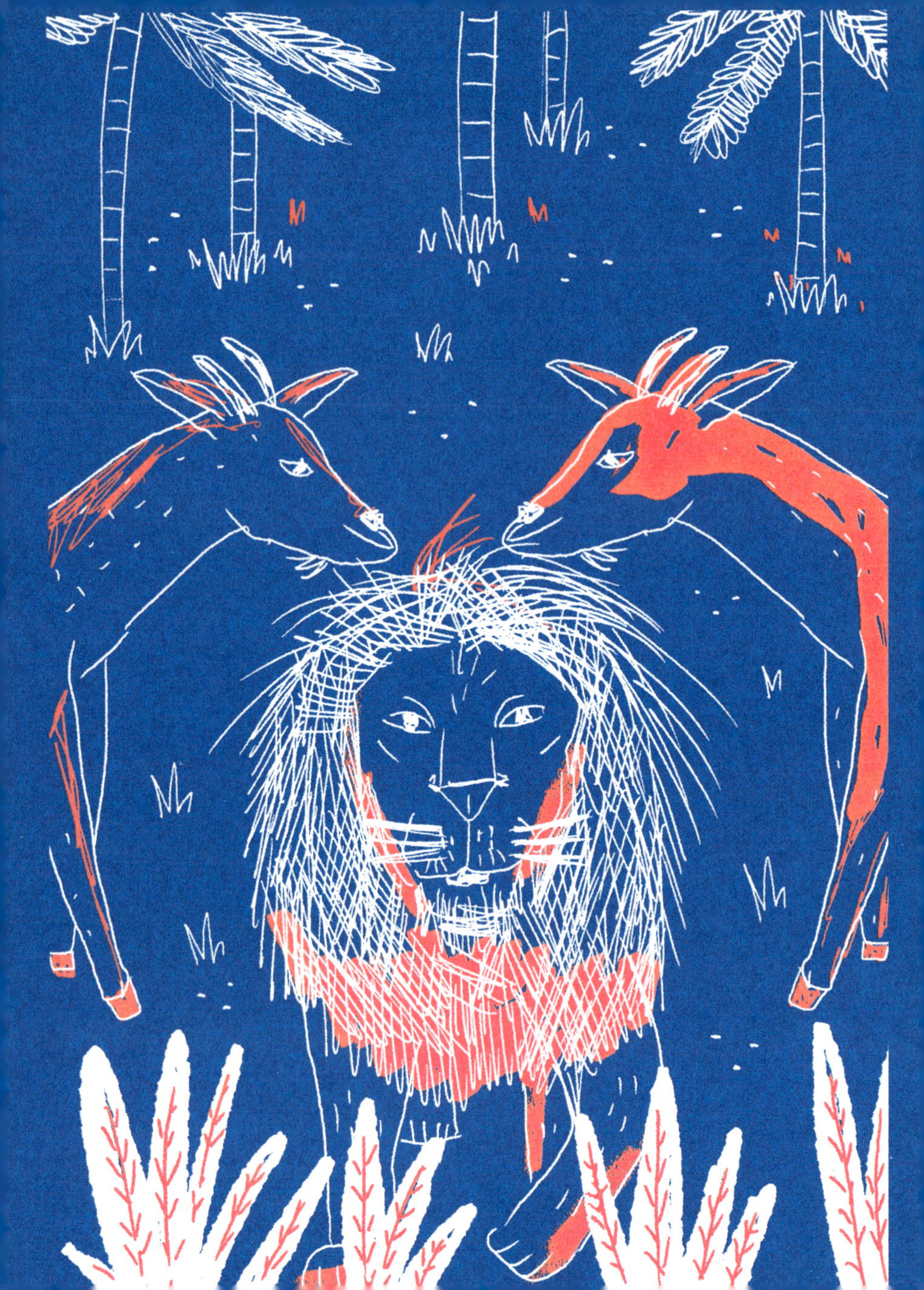

# O LEÃO E O CHACAL

O leão possuía um bode, enquanto o chacal possuía uma cabra. O chacal pensou em fazer um trato com o leão para que esses animais se reproduzissem, então disse ao leão:

— Majestade, o senhor poderia me emprestar seu bode para ele se reproduzir com a minha cabra? Quando a cabra parir, eu venho devolver-lhe o bode com o respectivo pagamento.

O chacal levou o bode para o seu curral, e mais para diante a cabra pariu dois cabritinhos: um macho e uma fêmea.

Como havia prometido, o chacal agarrou o bode e a pequena fêmea e os levou para o leão. Chegando à casa do leão, muito satisfeito, o chacal disse:

— Majestade, estou lhe devolvendo seu bode e como combinado estou lhe entregando esta cabritinha como pagamento pelo empréstimo do bode.

O leão, muito desconfiado, perguntou:

— Nasceu somente esta cabritinha?

E o chacal explicou-lhe:

— Não, nasceu um casal: um cabritinho e uma cabritinha. Estou lhe entregando a cabritinha e fiquei com o cabritinho, para fazer par com a cabra e nascerem novos animais.

— Não, de jeito nenhum, respondeu o leão. Se não fosse o meu bode, não haveria os dois cabritinhos. Portanto, você tem de entregar as duas crias, não apenas uma. É o meu direito. Os cabritinhos são meus, porque foi o meu bode que os gerou.

O chacal ficou indignado com a ideia errada do leão, sentiu-se roubado, e disse para ele:

— Nada disso, você quer roubar-me porque é o rei dos animais. Isso não está certo, porque se não fosse a minha cabra o seu bode não faria criação nenhuma. Vamos chamar todos os bichos da floresta para ser feito um julgamento justo.

O leão respondeu, furioso:

— Vou chamar todos os animais da floresta para virem aqui amanhã cedo. Tenho certeza de que eu estou certo. Se isso for confirmado pelos animais da floresta, você vai ver uma coisa: vou acabar com a sua raça.

Assim que o chacal se separou do leão, foi à procura do cágado, que é tido como um bicho muito inteligente. Explicou-lhe que o leão queria um julgamento para o dia seguinte logo cedo, e que era para avisar a todos os animais.

O cágado ficou intrigado, e perguntou que julgamento era aquele, estava tudo tão tranquilo ultimamente. O chacal explicou-lhe:

— Olhe, eu pedi ao leão o bode emprestado para acasalar com a minha cabra e ter crias. Eu prometi pagá-lo tão logo a cabra parisse. Pois bem, a cabra pariu dois cabritinhos: um macho e uma fêmea. Eu fiquei com o macho para fazer par com a minha cabra; e entreguei a fêmea para fazer par com o bode dele. Mas ele não quer dessa forma, diz que as duas crias são dele. Isso não é justo.

O cágado disse para o chacal que tinha entendido tudo, e que no dia seguinte deveriam ir ao julgamento na casa do rei, mas que ele esperasse o cágado chegar. Não era para iniciar o julgamento sem a sua presença.

No dia seguinte, todos os bichos se puseram a caminho do território do rei. Ele, depois de conferir que estavam todos presentes, iria dar início ao julgamento. Mas o chacal, mais do que depressa, disse:

— Não podemos iniciar o julgamento porque falta o cágado.

Todos ficaram esperando o cágado chegar, até quando o Sol já estava a pino, o que deixava os animais impacientes, querendo logo fazer o julgamento e resolver o problema. Impacientes, se perguntavam:

— Por que temos de esperar? Por acaso ele é mais inteligente que nós todos para fazer esse julgamento?

Ainda não tinham acabado de protestar, quando a hiena percebeu que o cágado estava chegando, e disse:

— Não é possível que tenhamos esperado todo esse tempo. Quem você pensa que é? O mais inteligente de todos nós? Estivemos a manhã inteira esperando, isso é uma afronta! O que você estava fazendo que não chegou logo, seu malcriado?

O cágado respondeu tranquilamente:

— Cale-se, por favor, e não me maltrate. Eu estive a manhã toda ocupado em casa porque o meu pai deu à luz!

Todos os bichos que estavam presentes ficaram muito admirados com essa resposta e passaram a se perguntar uns aos outros:

— Desde quando macho dá à luz? Macho dá cria? Como assim?

Como não sabiam de que modo responder ao cágado, ficaram meio embaraçados, sem graça, e por fim disseram:

— Nunca ouvi dizer que macho parisse; são apenas as fêmeas que dão à luz. Só se seu pai for o único animal macho do mundo que deu à luz.

Disse o cágado, muito tranquilamente:

— Ah, sim? Macho não dá à luz? Quer dizer que o meu pai não deu cria? Então, qual é a causa do julgamento que trouxe todos vocês aqui? Não é para provar que o bode teve dois cabritinhos?

Nesse momento, todos os bichos reclamaram:

— Macho não dá cria. O bode não pode ter tido cabritinhos!

E foi assim que o leão foi declarado vencido por todos os animais reunidos naquele julgamento, ficando o chacal com os dois cabritinhos.

# CABO VERDE

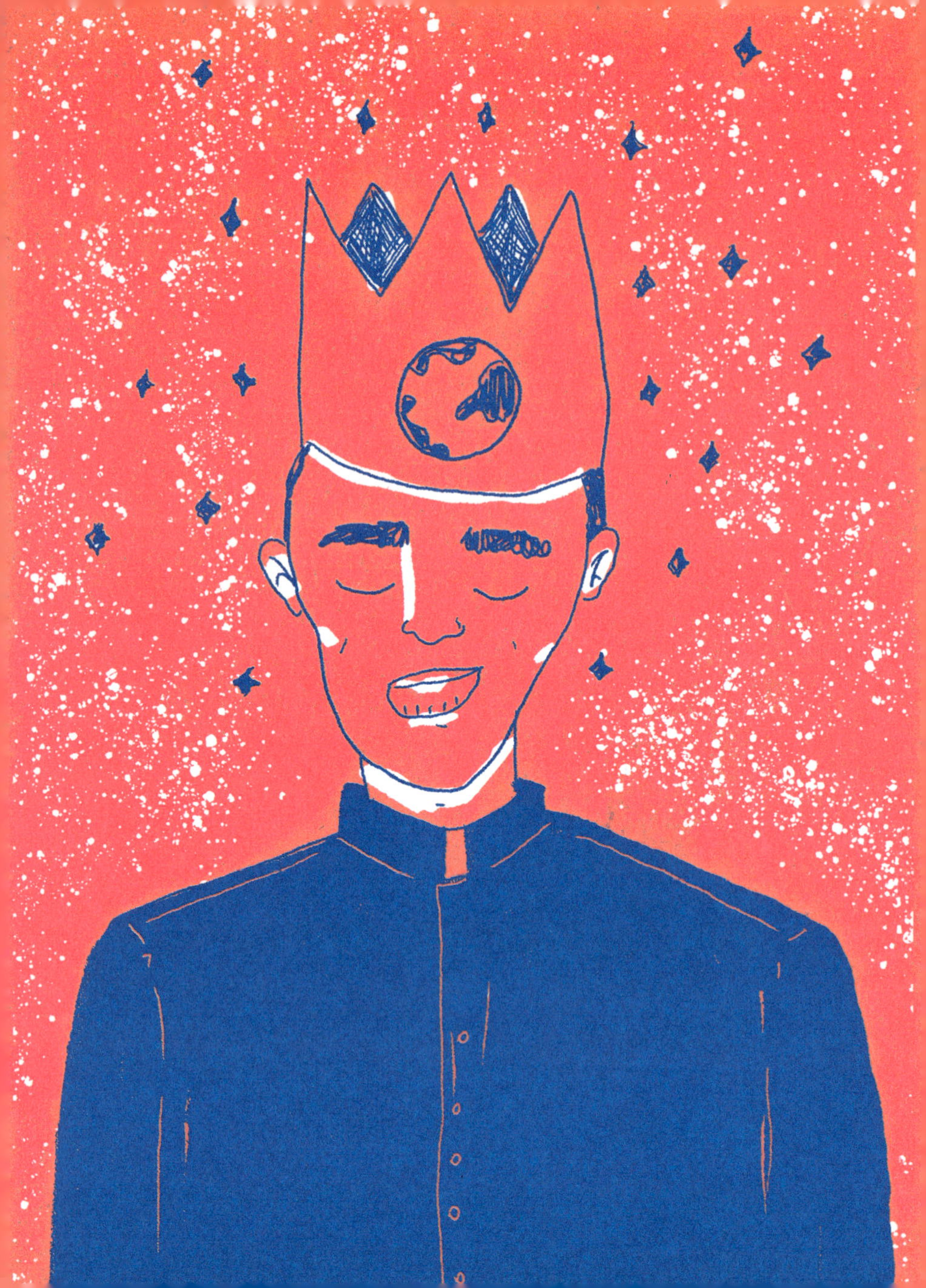

# A ADIVINHA

Um padre estava tranquilo em sua casa quando o administrador o convidou para fazerem uma visita ao rei. Ele foi. Chegando ao palácio, foram bem recebidos, mas o rei ficou muito intrigado com o padre, achou-o muito diferente das demais pessoas.

Por causa de uma coroa que o padre usava na cabeça, o rei imaginou que aquele homem adivinhava, que tinha poderes de adivinho. E pensou que talvez estivesse diante do maior adivinho que existia no reino. O rei então se dirigiu ao padre, pedindo para ele adivinhar três adivinhas.

O padre ficou muito surpreso com aquele pedido. E disse para o rei:

— Majestade, eu não sou adivinho, não sei adivinhar. Eu sou apenas um padre.

De nada adiantou o padre dizer isso, porque o rei colocou na cabeça que o padre era adivinho e queria que o padre adivinhasse três adivinhas. O padre ficou desesperado com aquele pedido, mas ficou calado, não disse mais nada. O rei, por sua vez, acreditando que estava diante de um adivinho, não se preocupou com nada, só queria mesmo saber as três adivinhas.

Terminada a visita, o padre voltou para casa muito aflito. Seu ajudante pôs a mesa e chamou-o para comer. Mas o padre estava tão aflito que perdeu a fome, ficou sem vontade de tocar na comida. O ajudante perguntou:

— Padre, o que aconteceu que o senhor está tão angustiado?

O padre contou que tinha de ir ao palácio no dia seguinte adivinhar três adivinhas que o rei determinou: "Quanto pesa a terra?", "Quanto valho eu?" e "O que eu estou pensando?".

O ajudante disse para o padre ficar tranquilo, que comesse descansado, que no dia seguinte ele iria ao palácio falar por ele.

No dia seguinte, o ajudante disse para o padre que lhe emprestasse a coroa, lhe fizesse a barba tão bem feita como a dele, e lhe desse o cabeção e a batina. O rapaz saiu sem que o padre percebesse, e foi direto para o palácio.

Chegando lá, cumprimentou o rei. O rei mandou-o sentar-se bem diante dele e perguntou-lhe se ele já havia adivinhado as três adivinhas. E lhe perguntou a primeira:

— Quanto pesa a terra?

O rapaz lhe respondeu tranquilamente:

— Majestade, faça o favor de tirar toda a pedra da terra e dê-me a terra para eu pesar.

O rei deu de ombros e respondeu que isso dava muito trabalho, e passou para a segunda adivinha:

— Quanto eu valho?

O ajudante respondeu:

— Vossa Majestade quanto poderá valer? Imagine que Nosso Senhor Jesus Cristo foi vendido por trinta dinheiros e eu sei que Vossa Majestade não custa tanto...

O rei, surpreso com a capacidade do adivinho, disse:

— Me responda a terceira adivinha: no que eu estou pensando?

O ajudante respondeu calmamente:

— Oh, Vossa Majestade está pensando que está falando com o padre, mas está falando com o ajudante do padre.

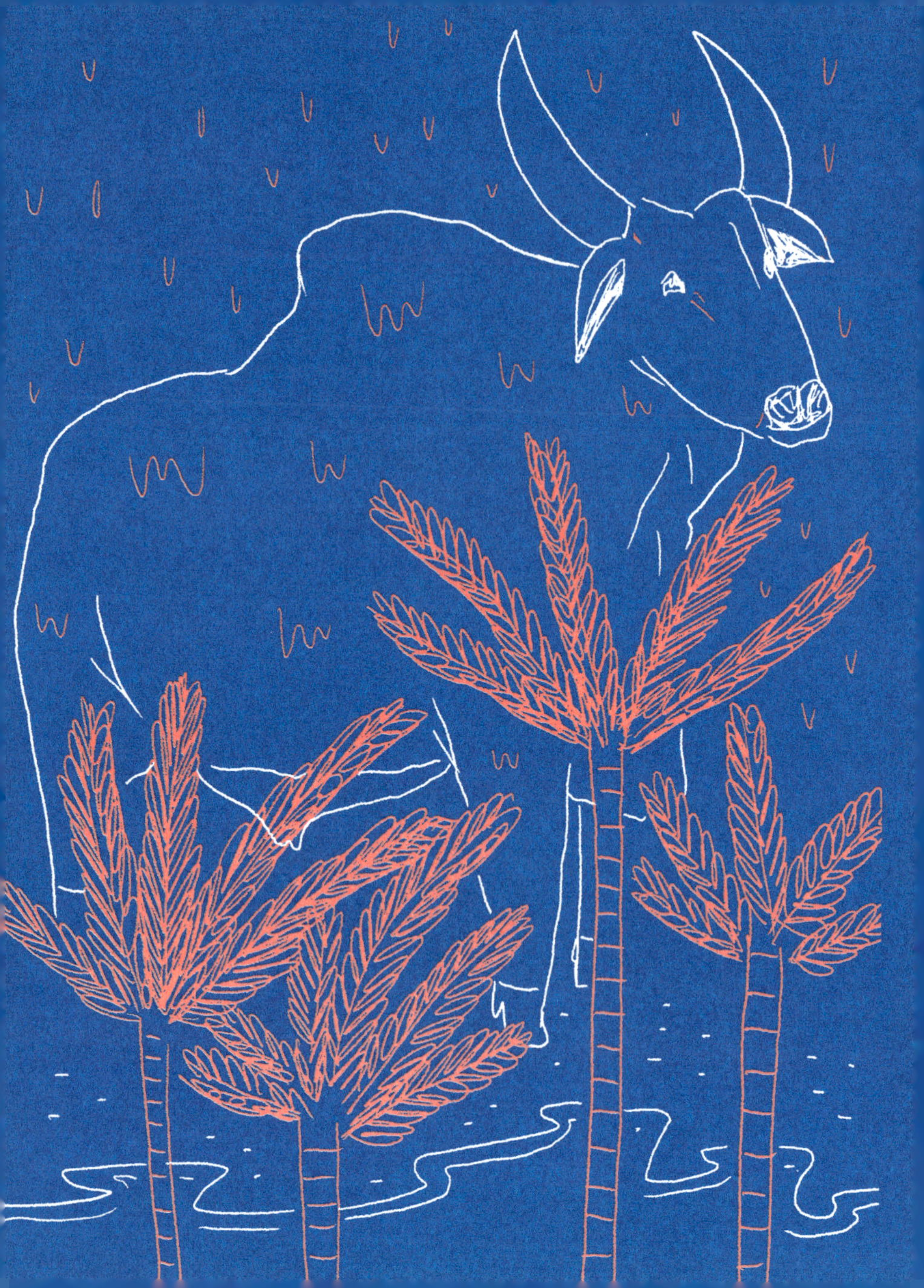

# O boi Blimundo

Blimundo era o mais forte e bonito boi do mundo. Bonito e forte. Forte e bonito. Ele também era um boi muito sensível, gostava de música. Quando ouvia o murmúrio das águas de uma ribeira próxima, os pingos de chuva ou o canto dos pássaros, via-se que ficava feliz. Às vezes parava quieto, prestando atenção às vozes do vento. Os sons do mundo eram os seus encantos.

Ele trabalhava no trapiche do Rei, moendo cana-de-açúcar para fazer o grogue, que é uma bebida cabo-verdiana muito parecida com a pinga brasileira. Ele ficava horas e horas rodando naquele trapiche, com uma canga no pescoço, andando em círculos sem fim para moer a cana, fazer o grogue, a pinga de lá, daquele lugar.

O trabalho de Blimundo não tinha fim, porque ele trabalhava durante todo o dia, sem descanso, andando em volta do trapiche, com uma canga no pescoço, em sua andança ia moendo a cana, tirando seu sumo. O sumo verde da cana caía numa vasilha grande, quase um tonel, e ia enchendo, enchendo, formando uma espuma no caldo da cana.

Ele não gostava daquele trabalho, porque trabalhava muitas horas seguidas e ficava muito cansado. Além disso, era um trabalho monótono e repetitivo, e ele ficava cercado num lugar, sem poder se exercitar nos pastos e campos, sem poder subir e descer montes e morros, sem poder andar na praia, andar nas achadas, que são os lugares deles lá, lugares planos nos vales ou então no topo dos morros.

Blimundo notava que o povo daquela terra era maltratado, faminto e fraco, pois tinha pouca comida, enquanto o Rei comia muito bem, e sua corte vivia bem vestida e bem alimentada. O povo do lugar comia cachupa, que é um cozido feito à base de milho. Só que a cachupa do povo era chamada cachupa pobre, pois era só de milho e uma ou outra folha de couve. A cachupa do Rei e de seus amigos era chamada cachupa rica. Cheia de coisas gostosas: milho, feijões, muitos pedaços de carne de porco, de vaca, de frango, linguiça, folhas de couve, de repolho, pedaços de cenoura, batata doce. Um cozido bem temperadinho com azeite, muito alho, cebola, folha de louro, salsinha. No palácio do Rei também eram consumidas muitas comidas e bebidas diferentes, vindas de longe, de navio.

Blimundo não gostava nada daquela vida: para o Rei tudo, para o povo nada. O Rei queria que o povo fosse para sempre escravizado. Ele também achava injusto forçarem-no a trabalhar tanto para que os assessores e conselheiros do Rei bebessem tanto grogue. O consumo do grogue no reino era enorme, mas somente para os amigos do Rei, pois o povo mesmo não tinha direito a nada.

À medida que o tempo passava, mais revoltado ficava Blimundo, até que um dia deu um safanão no funcionário que foi buscá-lo para prendê-lo no trapiche, e fugiu. Fugiu para as montanhas. E lá começou sua verdadeira vida de liberdade: pastava onde queria, bebia água de fontes que ele achava em suas andanças, descansava nas achadas.

O Rei estava furioso com a fuga de Blimundo porque ele seria um péssimo exemplo para os demais bois, que já trabalhavam sem muita vontade, e mesmo levando chicotadas andavam pachorrentamente no trapiche, e isso atrasava a produção de grogue. A fama de Blimundo corria mundo, ele era considerado um boi livre, que vivia como queria, pastando pelos campos, subindo e descendo morro, andando livremente por toda a ilha, sem canga, sem correntes, sem nada que o prendesse e o obrigasse a trabalhar como escravizado.

Então, o Rei mandou um batalhão de soldados ir atrás de Blimundo, caçá-lo e trazê-lo cativo. Mas Blimundo derrotou os soldados, desferindo coices que os precipitavam morro abaixo. Cada soldado que levava um coice ia parar bem longe, e assim ele acabou com o batalhão, sobrando um único soldado que Blimundo deixou fugir para que ele avisasse o Rei sobre sua disposição de lutar e continuar livre.

O soldado avisou o Rei que o batalhão havia sido dizimado. O Rei ficou furioso e mandou um novo batalhão para prender Blimundo. Igual sorte foi reservada a esse novo batalhão, escapando vivo apenas um soldado que foi contar para o Rei como o boi Blimundo dizimara sua tropa.

O Rei divulgou um aviso no reino que daria uma grande recompensa a quem trouxesse Blimundo. Aí compareceu ao palácio um rapaz magro e baixinho que disse para o Rei que ele teria condições de trazer Blimundo. Que o Rei lhe desse uma violinha, uma cabaça de água e um saco de grãos de milho torrado que ele lhe traria Blimundo. E em recompensa ele queria a mão da princesa e um pagamento em dinheiro. O Rei concordou. E assim foi.

O jovem saiu pelos matos e achadas atrás de Blimundo, tocando a sua violinha e cantando uma música que era assim:

Oh, Bulimunde, snhôr Rei mandám bem b'skób
Pa bô bá kazá k' vakinha mansa
Tum Tum na nhá viulinha
Krop Krop na nhá prentem

Tum Tum na nhá viulinha
Krop Krop na nhá prentem[1]

Até que um dia Blimundo, ouvindo aquela melodia, se aproximou. Ele gostava de música, e o som da violinha o atraiu. Docemente, Blimundo deitou-se ao pé do rapaz da violinha e ficou ali ouvindo aquela música. O rapazinho tocava e pensava: meu plano deu certo, ele vai cair como um patinho. Então, o rapaz disse para Blimundo:

— Boi Blimundo, o mais bonito e forte boi deste mundo! Venha comigo, tem uma vaquinha mansa na cidade que quer se casar com você.

Blimundo concordou em acompanhar o rapaz para conhecer sua noiva:

— Eu vou mesmo casar com a vaquinha mansa?

— Vai, sim, Blimundo.

— Então vamos, mas eu só vou com a condição de você ir tocando e cantando essa cantiga durante a viagem.

— Está bem, Blimundo. Eu vou tocando e cantando para você. Mas para eu não me cansar, posso ir montado no seu lombo?

---

[1] Todas as traduções das músicas em crioulo (ou língua cabo-verdiana) neste conto foram realizadas pela jornalista Verónica Oliveira.

Oh, Bulimundo, o senhor Rei mandou-me buscar-te
Para você se casar com a vaquinha mansa
Tum Tum na minha violinha
Crop Crop no meu milho torrado.

Blimundo fez que sim com a cabeça. O rapaz então cantou para Blimundo assim, pedindo para ele se abaixar para ele montar:

Oh, Bulimunde, baxá bô txám montá
Pam levób pá palasiu d'nhô Rei
Pa bô bá kazá k' vakinha mansa
Tum Tum na nhá viulinha
Krop Krop na nhá prentem
Tum Tum na nhá viulinha
Krop Krop na nhá prentem[2]

Blimundo, embevecido com a canção, abaixou-se e o rapaz montou nele e foram andando em direção ao palácio, o rapaz tocando a violinha e cantando para alegria de Blimundo:

Oh, Bulimunde, snhôr Rei mandám bem b'skób
Pa bô bá kazá k' vakinha mansa
Tum Tum na nhá viulinha
Krop Krop, na nhá prentem

---

[2] Oh, Blimundo, se abaixe para eu te montar
Vou te levar ao palácio do senhor Rei
Para você se casar com a vaquinha mansa
Tum Tum na minha violinha
Crop Crop no meu milho torrado
Tum Tum na minha violinha
Crop Crop no meu milho torrado.

Tum, Tum na nhá viulinha
Krop, Krop, na nhá prentem[3]

Assim, eles entraram no reino, para surpresa de todos, principalmente do Rei.

Enquanto Blimundo aguardava no pátio, o rapazinho e o Rei conversaram, e o rapazinho teve a ideia de preparar uma armadilha para Blimundo. O Rei concordou.

O rapaz retornou ao pátio onde Blimundo o aguardava e disse para ele que o levaria ao barbeiro do reino fazer a barba para o casamento. Blimundo o acompanhou. Chegando à barbearia do Palácio, o rapaz tocou na sua violinha cantando assim para Blimundo:

Blimunde, Blimunde, baxá txám fazem barba
Pa bô bá kazá k'vaquinha mansa
Tum Tum na nhá viulinha
Krop Krop na nhá prentem
Tum Tum na nhá viulinha
Krop Krop na nhá prentem[4]

---

[3] Oh, Bulimundo, o senhor Rei mandou-me buscar-te
Para você se casar com a vaquinha mansa
Tum Tum na minha violinha
Crop Crop no meu milho torrado.
[4] Blimundo, Blimundo, abaixa para que eu te faça a barba
Para você se casar com a vaquinha mansa
Tum Tum na minha violinha
Crop Crop no meu milho torrado
Tum Tum na minha violinha
Crop Crop no milho torrado.

Blimundo, muito feliz com a expectativa do casamento com a vaquinha mansa, abaixou-se. O barbeiro colocou-lhe um lençol no pescoço e pegou a navalha para cortar a barba. Mas, ao invés de cortar a barba de Blimundo, o barbeiro tinha ordem de cortar o pescoço, desferir-lhe golpe traiçoeiro para matá-lo. E assim fez, mas justamente nesse instante Blimundo tinha virado a cara, de modo que a navalha não o cortou. Percebendo a tempo a traição, ele pôde se defender.

Aí Blimundo deu um grande coice no barbeiro, tão forte que ele foi parar em outro Reino. Deu um outro coice no rapaz, que ele foi parar no alto da torre do castelo do Rei. E Blimundo, o mais bonito e o mais forte boi do mundo, saiu dando coices em quem tentava prendê-lo, até conseguir sair do reino e fugir para as achadas e montanhas, onde não foi mais escravizado, e viveu livre e feliz para sempre, ouvindo os sons dos pássaros, das matas, das as-águas e dos ventos. Até hoje nas ilhas de Cabo Verde se conta a história inesquecível de Blimundo, que deu exemplo de amor e liberdade aos homens, não sendo escravizado por ninguém.

# GLOSSÁRIO:

Achadas — são planaltos de origem vulcânica. Palavra também usada para designar zonas planas situadas em elevações de origem vulcânica.

As-águas — denominação dada pelos cabo-verdianos ao período das chuvas nas ilhas, de julho a outubro.

Grogue — bebida alcoólica cabo-verdiana feita com caldo da cana-de-açúcar fermentado; é parecida com a pinga brasileira.

Prentem — grãos de milho torrados, usados para fazer um prato típico chamado camoca.

Ribeiras — pequenos cursos de água, seguidos ou não de uma queda d'água. Quando estão secos também são chamados de ribeiras.

Trapiche — engenho de açúcar, movido por bois.

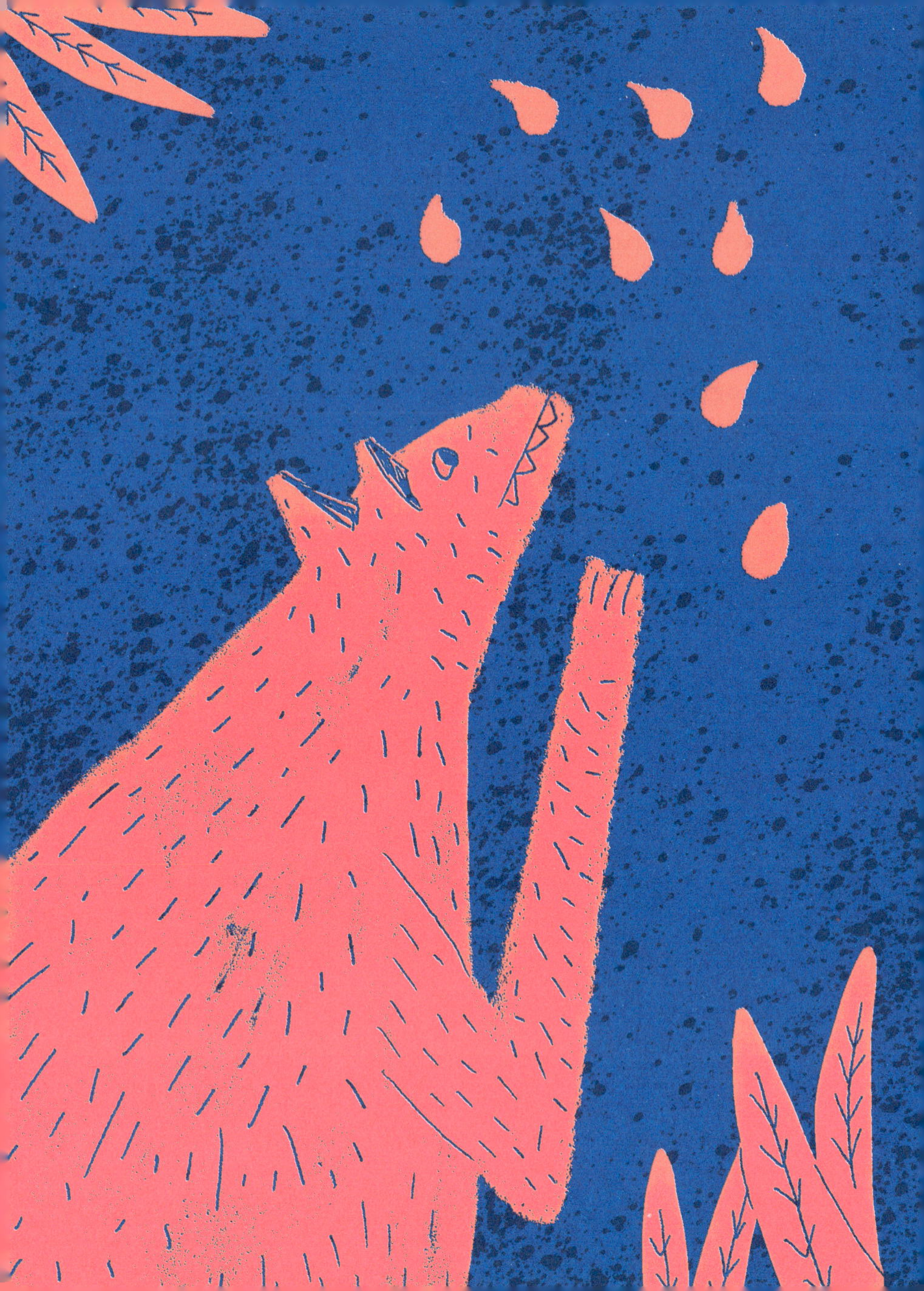

# O LOBO E O CHIBINHO

Era uma época muito difícil em Cabo Verde, com uma seca muito grande, os campos ressecados, não se achava nada para comer. Ti Lobo[1] estava esfomeado, andava se arrastando pelo chão. Muito magro, só pele e osso, dava até para perceber o formato de suas costelas, tamanha magreza. Ele sentia tanta fome que parecia-lhe que seu estômago estava colado nas costas. Sua barriga roncava: ronc-
-ronc.

---
[1] Em crioulo ou língua cabo-verdiana significa Tio Lobo.

Ele estava andando num descampado, numa terra seca e escalavrada, quando se encontrou de repente com o Compadre Chibinho,[2] que vinha andando muito bem disposto, corado, via-se que estava bem saudável e alimentado. Então o Lobo lhe disse:

— Chibinho! Nossa, como você está bonito, com um ar de saúde, gordinho, corado, dá para ver que não lhe falta comida. Estou admirado. Olhe para mim: estou só pele e osso. Mais osso que pele. Só osso. Onde é que você tem comido assim tão bem?

Há tempos eles não se viam, quase um mês.

— Bem, Ti Lobo, eu ando meio caseiro, quase não saio de casa. Às vezes saio bem escondidinho para comer figos maduros em uma figueira e beber água fresca de uma fonte.

O Lobo ficou ansioso:

— O quê? Você tem uma figueira? E ela está dando figos gostosos, madurinhos, ai, que fome! E também tem uma fonte? Ai, que sede!

E o lobo começou a salivar, parecia uma cachoeira, a boca cheia d'água.

Chibinho ficou bem quieto, não disse mais nada. E o Lobo:

— Onde é essa figueira? Onde fica essa fonte?

---

[2] Em crioulo ou língua cabo-verdiana, é diminutivo de chibo, que significa cabrito. Portanto, chibinho seria um cabritinho. Chibinho também pode ser entendido como sobrinho, já que o Lobo troca as palavras ao pronunciá-las.

— Olha, como te disse, elas estão bem escondidas, é segredo, não revelo para ninguém. A água é pouca, você sabe, quase não chove. Está uma seca, tudo está seco, não se acha uma palha para os animais. E a comida também é pouca. Não tem um grão de milho nas covas para os corvos. Nada, nada. Tudo é uma grande seca.

— Como, então? Não vai falar para mim, que sou seu parente, mesmo você me vendo assim, nesta situação? Faminto, magro, sedento? Estou morrendo à míngua. Olhe para os meus ossos — e apontava as costelas.

— Não, não posso. É segredo. Você é muito desesperado e vai pôr tudo a perder.

— Como segredo? Vai ter segredo justo comigo? Não vê a minha situação desesperadora?

— Bem, já que é assim e vendo que você está quase a morrer mesmo, eu digo, mas tem de jurar que não vai revelar esse segredo para ninguém.

— Juro, juro! — disse Ti Lobo.

— Bem, essa figueira, carregadinha de figos madurinhos, madurinhos, fica em um lugar bem escondido, nas rochas. Ela fica pertinho de uma mina que brota de um oco das pedras, ali é um lugar fresquinho. As raízes da figueira estendem-se para essas partes molhadas embaixo da rocha, por isso nesse clima seco ela não morre, as raízes chupam a água e mantêm a figueira sempre viçosa e bonita. Tem tanto figo que os pardais também comem da figueira e fazem aquele alarido.

— Nossa, esse lugar é o paraíso. Passei várias vezes por lá focinhando, procurando alguma coisa para comer e não achei nada. Esses figos madurinhos e doces estão me dando água na boca. E começou a tossir, engasgando com a própria saliva.

— Mas a figueira está bem escondidinha, num atalho da rocha, só eu sei o caminho para chegar até ela.

Conversaram mais um pouco, até que Chibinho teve tanta pena do Lobo que marcou de levá-lo ao esconderijo no dia seguinte. Encontraram-se em um determinado lugar. Chibinho levou um pouco de cuscuz³ e fonguinho⁴ para comerem no caminho, porque com a fraqueza do lobo ele não iria conseguir chegar nem à metade do caminho.

Dito e feito, depois de umas duas horas de subir e descer morros, andar por desfiladeiros, achadas e vales, o lobo estava tão cansado que quase já não conseguia mais andar. Ele queria desistir. Encostou-se em um barranco e disse para Chibinho que preferia morrer do que ficar andando sempre e nunca chegar ao lugar, e era possível que já não houvesse mais figos, que ele iria só se cansar mais ainda, que estava fraco, e queria logo morrer embaixo daquela sombrinha do barranco. E encostou-se para morrer.

O Chibinho procurou dar ânimo ao Lobo:

— Não, Ti Lobo, de jeito nenhum você vai ficar aqui. Não vou te deixar aqui morrendo à mingua. Não, senhor. Levante-se,

---

[3] Alimento doce ou salgado, feito no vapor com farinha de milho. O milho é alimento básico da culinária de Cabo Verde.

[4] Um tipo de bolinho doce, feito com banana, batata doce e farinha de milho. Tem a forma alongada como uma salsicha.

estamos perto da figueira carregadinha de figos doces e madurinhos. Vamos lá, levante-se.

E o ajudou a levantar-se. O lobo estava realmente fraco, e com preguiça, achava que estava muito difícil aquela viagem, se soubesse que a figueira ficava tão longe nem teria vindo, teria preferido morrer de fome em algum outro lugar.

Mas Chibinho deu-lhe bronca:

— Vamos, Ti Lobo, tenha coragem, temos de lutar pela vida e não ficarmos nos lamentando.

O Lobo ficou envergonhado, e acabou se levantando e com muito sacrifício continuou a caminhada, praticamente se arrastando atrás de Chibinho. De repente, abriu os olhos e viu uma árvore verdinha, uma raridade naquele cenário seco. Era a figueira carregada de frutos maduros. Os ramos estavam pesados de tanta fruta. Muitos pardais estavam na árvore debicando os frutos.

O lobo correu desesperado para a árvore e começou a devorar todos os frutos que estavam no chão, guardando os da árvore para depois, pensou, para não perder nenhum fruto. Comia com gula e sofreguidão.

— Cuidado, coma devagar para não se empanturrar! — disse Chibinho, cuidadoso.

Ele nem ouvia direito, tão entretido que estava comendo feito louco.

— Vamos subir na árvore, deixe esses frutos no chão, disse Chibinho.

Eles subiram na árvore e Chibinho disse:

— Figueirinha, tic-tic.

A árvore subiu os galhos carregadinhos de frutos.
Ambos subiram mais. E o lobo comeu mais ainda. Quanto mais figo via, mais desesperado ficava em comer logo tudo de uma vez.
Depois de um tempo, Chibinho chamou o Ti Lobo para irem embora.
E o lobo respondeu:
— Ainda não comi pelo meu pai, que dirá pela minha mãe.
— Vamos, Ti Lobo — disse Chibinho.
E o Ti Lobo:
— Ainda não comi pelo meu avô, que dirá pela minha avó.
— Por favor, vamos embora, já chega.
E o Ti Lobo respondia com as mesmas desculpas de sempre:
— Ainda não comi pelo meu tio, que dirá pela minha tia.
Já cansado, e querendo voltar, Chibinho despediu-se dizendo para o Ti Lobo:
— Quando quiser que a árvore baixe os galhos, fale: nãi--nãi. Quando quiser que ela erga os galhos, exclame: tic-tic. Entendeu? — O Ti Lobo respondeu com a boca cheia de figos, espalhando resíduos de comida e saliva para todos os lados: — Entendi.
Chibinho foi embora. O Ti Lobo ficou lá comendo, comendo. Comeu para o pai, para a mãe, para o avô, para todos os parentes. Quando já não tinha mais parentes, resolveu descer. Só que, com a gula e a vontade desenfreada de comer figos para todos os parentes, esqueceu-se das palavras ensinadas por Chibinho. Não se lembrava se devia dizer tic-tic ou nãi-nãi. Disse à toa:

— Figueirinha, tic-tic! E a árvore subiu os galhos, o Ti Lobo junto. E o Ti Lobo: tic-tic! E o galho subia mais e mais. E o Ti Lobo gritava: sua árvore teimosa, tic-tic! É para descer. E a árvore ia subindo os galhos cada vez mais alto.

O Ti Lobo ficou cego de raiva porque a figueirinha não obedecia:

— Figueirinha teimosa, é para descer! Tic-tic!

O Ti Lobo batia grandes palmadas nos ramos da figueirinha, gritando desesperado: — Figueirinha, tic-tic! É para descer!

Até que o Ti Lobo chegou ao Céu. Deu de cara com Nosso Senhor:

— Ti Lobo, o que está fazendo aqui?

— Foi um engano. Uma figueira me trouxe.

— Está bem, vou descê-lo. Mas antes vou mandar fazer um tambor para você ganhar a vida na Terra. Vá até a ribeira e lave bem esta pele de cabra.

O lobo dirigiu-se para a ribeira. Mas quando viu a pelinha molhadinha, cheirosa, ficou com vontade de devorá-la. E foi o que fez. Quando voltou, Nosso Senhor lhe perguntou pela pele. Ti Lobo, lembrando-se de todas as fomes que passara, disse que como ele estava fraco e de jejum absoluto, não resistiu em comer a pele. Nosso Senhor então pediu que ele abrisse bem a boca. E apontou os resíduos de figo entre os dentes:

— Lobo, você é mentiroso. Vou te dar essa pele para você lavar, e voltar aqui com ela.

O Lobo de novo não resistiu e queria devorar a pele, mas o anjo que Nosso Senhor mandou para tomar conta dele, disse:

— Psiu, não é para comer a pele.

E o Ti Lobo:

— Estou só admirando, para ver se ela está bem lavadinha.

Depois que o Lobo voltou com a pele lavada, Nosso Senhor mandou fazer um belo tamborzinho. Depois que o tamborzinho ficou pronto, Nosso Senhor chamou Ti Lobo e lhe disse:

— Vou amarrá-lo bem forte nesta corda, e você leva este tambor de pele de cabra. Quando chegar lá embaixo você toca o tambor, é um aviso de que já chegou, e aí eu largo a corda. Não toque de jeito nenhum este tambor antes de chegar lá, porque pode me confundir e se eu soltar a corda você morre. Entendeu?

— Entendi, respondeu o Ti Lobo, pensando só em voltar para comer mais figos.

E foi assim que o Ti Lobo iniciou a descida do céu, amarrado com uma longa corda, com o tambor entre as pernas. Mas no meio do caminho ele não se conformou, sentiu a barriga roncando de fome e comeu a pele do tambor. Depois ficou dando toques na corda, até Nosso Senhor mandar puxar a corda de volta para o céu. Quando ele chegou lá em cima, Nosso Senhor perguntou para ele:

— O que aconteceu, Ti Lobo, que você ficou puxando a corda como louco?

— Desculpe, Nosso Senhor. É que me atacou uma fome e eu comi a pele do tambor.

— Desta vez, passa. Vou te dar outro tambor, mas é o último, se você comer a pele vai ficar com esta corda amarrada no rabo. Leve essas batancas[5] para comer no caminho.

---

[5] Broas de milho

E assim, mais uma vez, o Lobo desceu do céu amarrado na grande corda. Mal iniciou a viagem, já devorou as tabancas. Até que, passando perto de uma montanha alta, uma mulher o avistou e gritou:

— Ei, Ti Lobo. Que tamborzinho lindo! Toca para mim!
— Não posso tocar, só posso tocar quando atingir o chão!
— Ah, toca aí, vai. Se você tocar te dou um pouco de cachupa frita.

Ao ouvir falar em comida, o Ti Lobo começou a salivar, só imaginando aquela cachupa gostosa, quentinha, os milhos tenros, bem cozidos, e não resistiu. Começou a tocar o tamborzinho.

Nosso Senhor, ouvindo o toque do tambor, imaginando que o Ti Lobo já estivesse no chão, como combinado, soltou a corda e o lobo despencou das alturas e se esborrachou no chão. Morreu. Ficou mortinho lá embaixo até a próxima história.

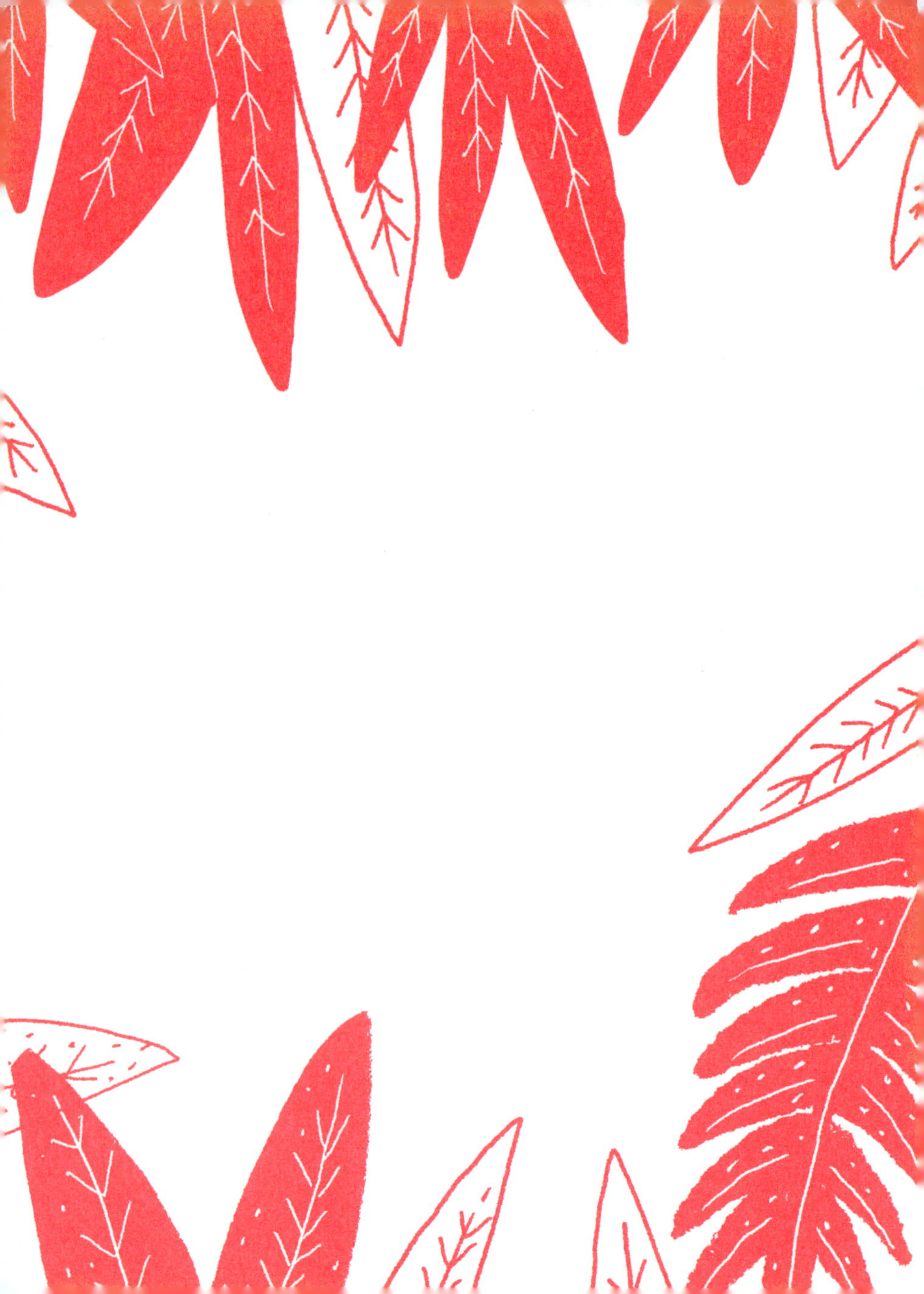

# GUINÉ-BISSAU

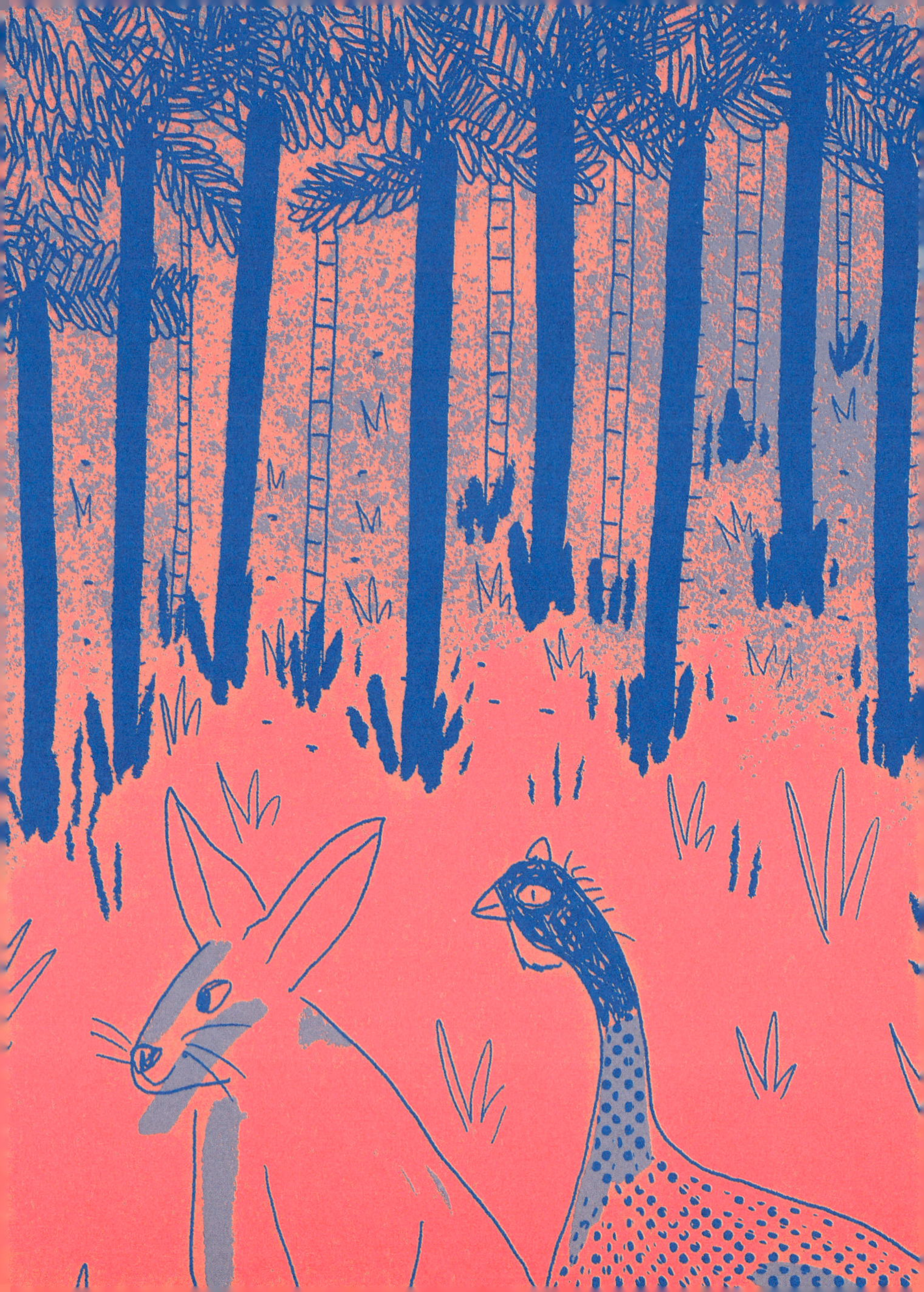

# A LEBRE E A CHOCA

Na Guiné-Bissau, uma lebre orgulhosa se julgava o animal mais esperto que havia na face da Terra. Mais esperto que o leão, a gazela, o hipopótamo, o lobo, o macaco e a tartaruga. No entanto, ela tinha ouvido falar que a choca, a galinha do mato, era o animal mais esperto. A lebre ficou muito incomodada com essa notícia, e quis conferir se era mesmo verdade, se a choca era realmente mais esperta do que ela. Pensando nisso, ela arquitetou um plano e já o colocou em prática: convidou a choca para irem a uma festa na casa de uma parenta.

A choca ficou muito contente com o convite e o aceitou logo. As duas partiram em viagem. A parenta da lebre morava um pouco longe de onde elas estavam.

Para testar a esperteza da choca, a lebre lhe disse que no caminho elas não poderiam tocar em nada, nem comer nada, nem beber nada. A choca concordou. E assim, as duas continuaram tranquilamente a viagem, sem tocar em nada, sem comer nada, sem beber nada. Mais adiante, enquanto caminhavam, viram uma lagoa. Como a lebre estava morrendo de sede, foi logo dizendo à choca:

— Olhe, ouvi dizer que uma moça da nossa aldeia perdeu um anel de ouro e de pedras preciosas aqui nesta lagoa. Vou mergulhar para ver se encontro o anel para entregar para a moça. Me espere ali, perto daquela pedra — e apontou um lugar distante da lagoa.

E tchibum! Mergulhou na lagoa. Disfarçadamente, para a companheira de viagem não perceber, bebeu bastante água até matar a sede.

Já que a lebre não estava vendo, a choca aproveitou também e bebeu um pouco de água na beira da lagoa. Ela sabia que a lebre não conseguiria mergulhar sem engolir um pouco de água, por isso bebeu também.

Repentinamente, a lebre saiu da água chacoalhando-se toda para tirar a água do pelo. Virou-se para a amiga:

— Eu não lhe disse que não podia tocar em nada, comer nada, beber nada?

— Sim, você disse — confirmou a choca.

— Mas então por que é que você bebeu água? O seu bico está molhado!

— Ué, mas e você? Não está também com a boca molhada? Estamos quites — disse a choca.

A lebre logo percebeu que a choca não era boba nem nada, e que seria difícil enganá-la. Mas não disse nada. Continuaram o caminho. Logo mais, chegaram a uma floresta. A lebre continuou com a ideia de enganar a choca e provar para si mesma que ela era mais esperta do que a companheira.

A floresta estava cheia de mosquitos que começaram a picá-las. A lebre, muito esperta, disse para a choca:

— Quando chegar em casa vou passar um óleo de palma nestas minhas picadas. Vou passar aqui, aqui, aqui... — Enquanto dizia isso, aproveitava para ir batendo no corpo e afugentando os mosquitos...

A choca não perdeu tempo. Foi logo dizendo e fazendo:

— Ah, como você é muito boazinha, vai dar um pouco de óleo de palma para eu passar aqui, aqui, aqui... — Agindo assim, do mesmo modo que a lebre, a choca aproveitava para ir espantando os mosquitos.

A lebre percebeu que seria muito difícil enganar a choca, pois ela também era esperta. Mas, mesmo assim, continuou na dúvida sobre quem era realmente a mais esperta das duas ou se a esperteza da choca tinha sido apenas uma coincidência. Resolveu tirar a prova. Iria testar novamente.

Recomeçaram a caminhada. Quando chegaram a uma aldeia, encontraram um homem. A lebre logo lhe pediu para avisar ao chefe da tabanca que ela acabara de chegar e queria cumprimentá-lo. O homem as convidou para seguirem juntos um trecho do caminho. E assim foram. Depois de terem andado um trecho juntos, o homem indicou a elas uma palhota onde elas deveriam aguardar o retorno dele.

O chefe da tabanca, assim que recebeu a notícia da visita da lebre e da choca, mandou um emissário buscá-las com um convite para um delicioso jantar. Ele então pediu para um grupo de rapazes pegar uma galinha do mato para o jantar.

Quando a lebre percebeu o grupo de rapazes em algazarra para pegar a galinha, gritando "pega!, pega!", ela logo deduziu que o chefe da tabanca iria convidá-la para o jantar. Ela se apressou em se livrar da choca:

— Estamos perdidas, comadre. Vamos fugir! Cada qual para um lado, porque os rapazes estão nos procurando para nos matar.

Dizendo isso, ela saiu pela porta da palhota, conferindo se a choca também tinha saído. Mas a choca, desconfiada, se escondeu ali perto, atrás de uns arbustos, de onde tinha uma visão privilegiada da palhota. Ficou ali, escondida, observando. A lebre deu uma corridinha de nada, e depois, disfarçadamente, voltou e entrou na palhota, crente de que tinha enganado a companheira. Quando a choca percebeu que a lebre regressou para a palhota, ela fez o mesmo: voltou.

Assim que a viu, a lebre ficou muito sem graça, não sabia onde enfiar a cara, mas sem perder a pose foi logo dizendo:

— Nossa, comadre! Levamos um susto! Mas, sabe, de repente eu me lembrei que os rapazes estavam em algazarra não para nos pegar, mas sim para pegar galinhas para levar ao chefe da tabanca... Ainda bem que não era com a gente...

A choca fez que sim com a cabeça. E a lebre pôde finalmente perceber que a choca era esperta e que não conseguiria enganá-la. Foram ambas ao jantar na casa do chefe da tabanca, que ofereceu uma deliciosa galinha cozida para elas.

A lebre provou a si mesma que a choca era mais esperta do que ela. Por isso as duas se dão bem até hoje.

## GLOSSÁRIO:

Tabanca — vila, aldeia guineense.

Choca — galinha do mato.

Óleo de palma — óleo produzido a partir do fruto de determinadas palmeiras; no Brasil, óleo de dendê.

Palhota — palhoça, habitação feita de barro e coberta com palha ou folhas de palmeira.

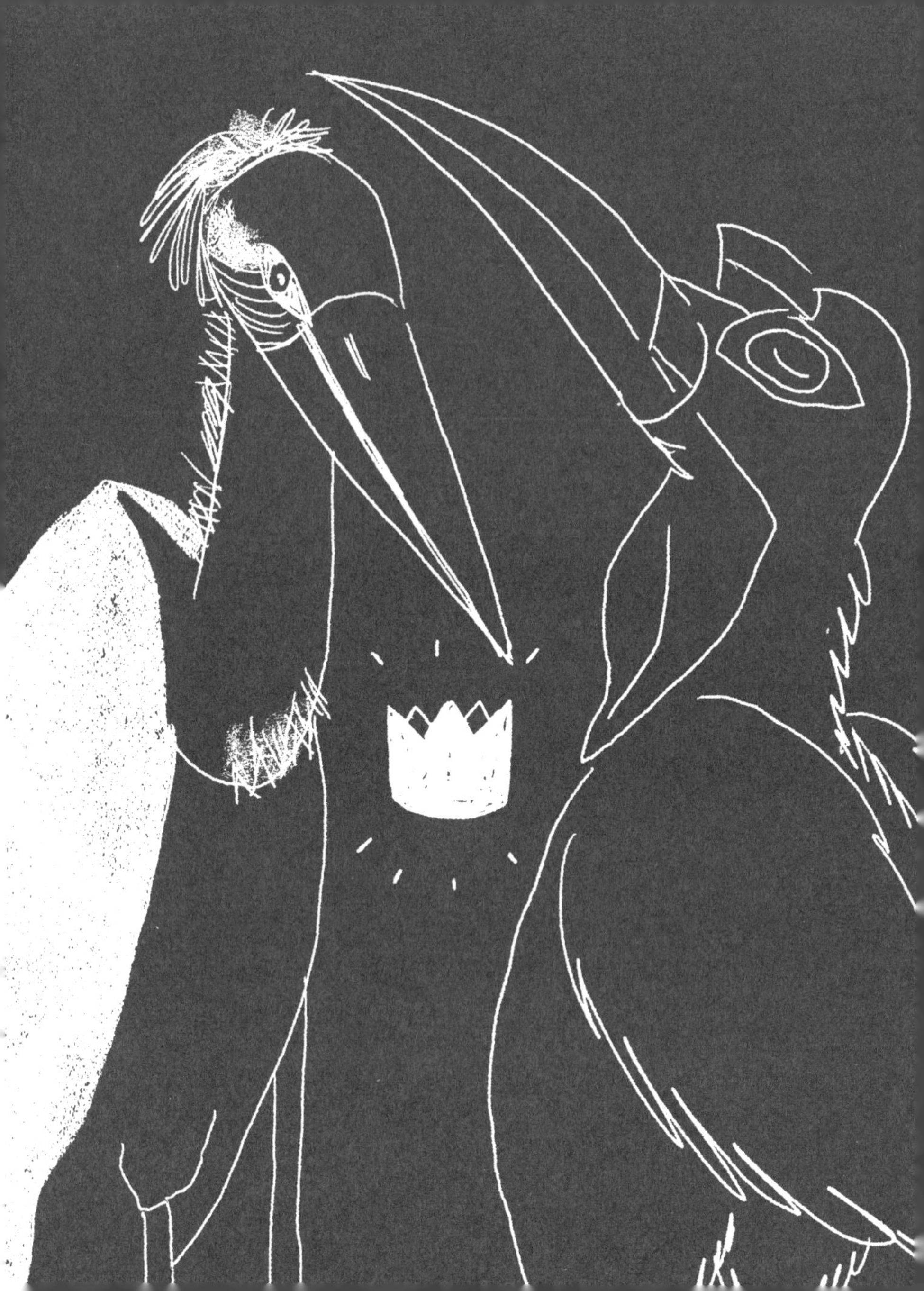

# COMO O ALMA-BIAFADA VIROU REI DAS AVES

Certa vez, as aves resolveram escolher um rei, pois já havia tempo que elas sentiam a falta de um líder. Reuniram-se na floresta, já determinadas a escolherem a ave que fosse maior.

Na Guiné-Bissau existem aves muito grandes, chegando algumas até a 1 metro de altura. Portanto, a disputa não iria ser fácil.

No dia da escolha do rei, compareceram todas as aves, e principalmente as espécies de pernas altas, também conhecidas como pernaltas: alma-biafada e marabu, que se consideravam as maiores aves da floresta.

Ficaram as maiores lado a lado, esticando o pescoço para que a plateia medisse com os olhos quem era a maior. Houve uma séria discussão: as duas aves pareciam ter o mesmo tamanho, mas tanto o alma-biafada quanto o marabu se consideravam a maior das aves.

Para resolver a questão, o alma-biafada propôs que os dois se pesassem no ramo de uma árvore. Eles não tinham balança, aliás nem conheciam uma balança. O ramo funcionaria como uma balança, pois aquele que fosse mais pesado envergaria mais o ramo ou então poderia até quebrá-lo com seu peso.

Estando combinados, dirigiram-se para a árvore. O marabu voou e pousou no ramo da árvore escolhida. O alma-biafada foi logo dizendo:

— Muito bem. Agora desça e veja o meu voo magnífico e o meu peso no ramo e constate que eu sou o maior.

Dito isso, o alma-biafada voou para o mesmo ramo da árvore, enquanto todas as aves presentes aplaudiam tão magnífico pouso. Assim que pousou no ramo, o ramo se partiu e o alma-biafada foi escolhido o rei por aclamação das demais aves, que agitadas batiam as asas como a bater palmas e cantavam:

— Viva o Rei! Viva o Rei!

A primeira providência do Rei foi escolher como seu secretário particular o grou coroado, também chamado Ganga, uma das mais belas aves guineenses. O Rei também fez o juramento de passar o trono caso houvesse uma ave maior que ele naquelas paragens.

Um belo dia, o Rei chamou seu secretário particular e lhe confidenciou um segredo:

— Ouvi dizer que por este mundo afora existem aves muito maiores do que eu. Viaje por esses céus e procure saber se é verdade, que eu darei uma promoção a você.

O grou coroado, como bom secretário particular, voou imediatamente, procurando se informar onde é que havia uma ave bem grande. Voou por muitos lugares distantes. Depois de uma semana voltou e disse para o Rei:

— Senhor Rei, viajando para o extremo sul, eu encontrei uma ave muito maior que o senhor, mas muito maior mesmo, e muito mais pesada. Imensa. Mas fique tranquilo, que ela não poderá vir aqui tomar-lhe o posto de rei, porque ela não voa, de tão grande e pesada que é. É o avestruz.

— Muito obrigado, meu secretário, pelo brilhante trabalho que fez. Como prometi, vou promovê-lo a meu auxiliar direto. Reúna todas as aves, pois vou anunciar que você me acompanhará numa grande viagem.

Depois de uns dias, o Rei e todos os seus súditos, acompanhados pelo grou coroado, viajaram para o sul, e ficaram todos pousados em cima de uma árvore aguardando o bando de avestruzes que os iriam receber.

Assim que os avestruzes chegaram, desengonçados, com as penas sujas e desarrumadas, o Rei ficou perplexo e pensou: como aves tão grandes são tão desajeitadas? Aí então ele ordenou que levantassem voo. Elas, com as asas pequenas para o tamanho do corpo, saíram em desabalada carreira, estabanadas, atropelando-se umas às outras.

Nisso, as demais aves reunidas, não somente os súditos do Rei, mas as outras que vieram para prestigiá-lo, começaram um alegre alarido:

— Viva o Rei! Viva o Rei!

E o presentearam com os sinais de penugens vermelhas que ele tem do lado da cara e com o colar bem vermelho, muito vistoso, que até hoje ele usa.

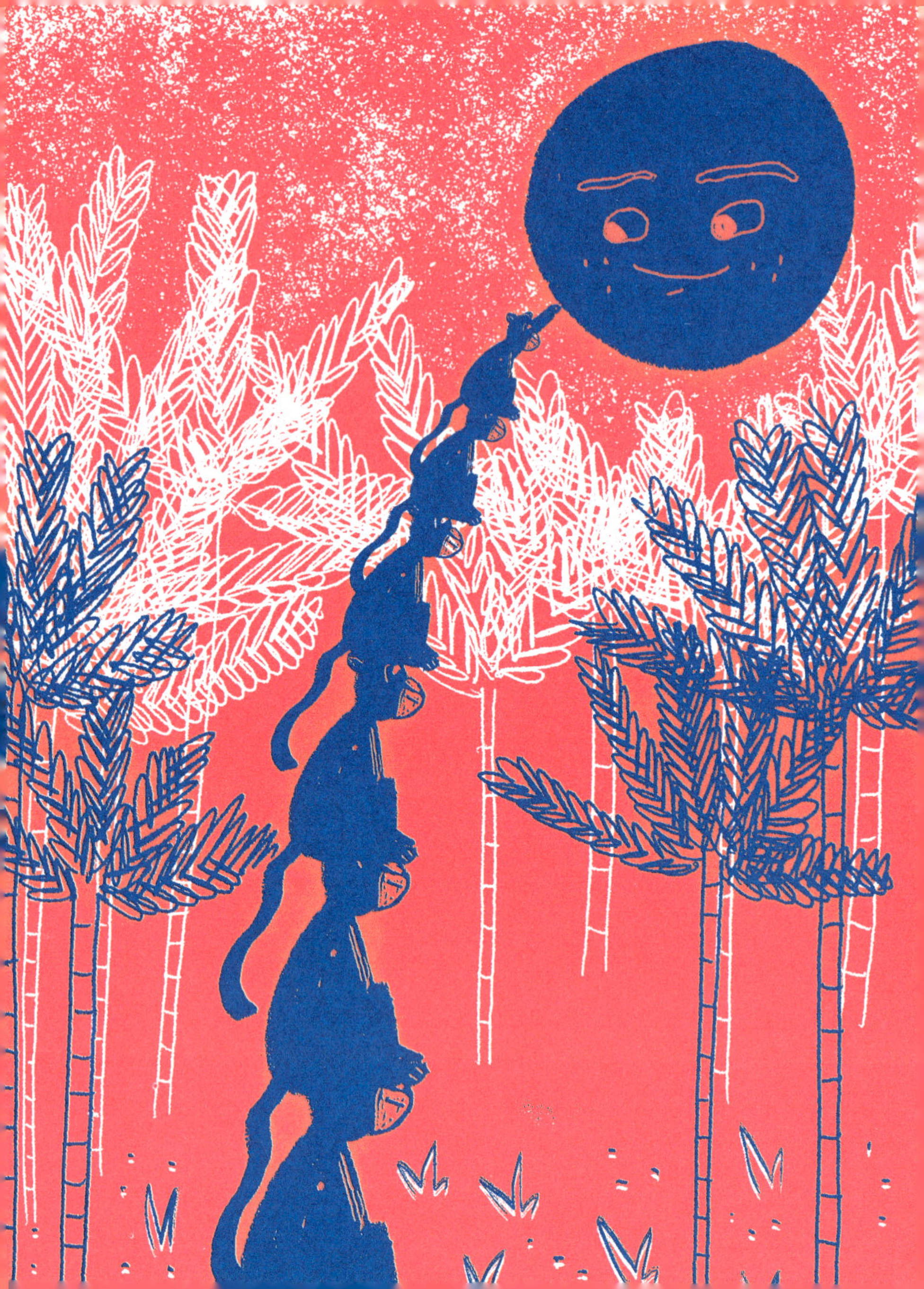

# O TAMBOR AFRICANO

Na Guiné-Bissau, há várias etnias: cassangas, fulas, mandingas, felupes, pepeis, manjacos, etc. Entre os bijagós corria uma história de que foi o macaquinho de nariz branco quem primeiro chegou à Lua.

Os macaquinhos de nariz branco que habitam a Ilha de Bijagós tinham uma admiração muito grande pela Lua. Ficavam sempre olhando para ela, enamorando-se dela. Quando era de dia e eles a viam no céu, olhavam-na admirados. À noite, quando ela brilhava e iluminava tudo, fazendo grandes bordados com as sombras das árvores no chão, eles a admiravam ainda mais. E quando era Lua minguante, que tinha só aquela fatiazinha de Lua, eles a achavam parecida com uma banana e gostavam dela ainda mais.

Até que um dia resolveram visitá-la e quem sabe trazê-la para a Terra. Subiram na árvore mais alta de lá e não conseguiram chegar na Lua. Então subiram no monte mais alto de lá e também não conseguiram chegar. Subiram então na árvore mais alta do monte mais alto e não conseguiram. A Lua estava bem longe mesmo.

Foi quando um macaquinho de nariz branco, o menorzinho de todos, teve uma ideia: a de que todos subissem um nas costas do outro e fizessem uma grande coluna até chegar à Lua. Todos adoraram a ideia, os mais velhos também. Então fizeram uma coluna, cada um subia nas costas do outro, os mais velhos e pesados embaixo, os mais jovens e leves em cima. A coluna foi crescendo, crescendo, e com o peso foi inclinando, inclinando, quase caindo, e eis que o macaquinho menorzinho, ops! conseguiu se segurar na beiradinha da Lua antes que a coluna se desmoronasse e todos caíssem.

A Lua, vendo aquelas mãozinhas grudadas em sua borda, puxou-as para cima. Quando viu aquele macaquinho de nariz branco, tão pequenino, tão bonitinho, com aqueles olhos grandes e curiosos, as mãozinhas, e aquele rabinho virado, ela o achou tão engraçadinho que se apaixonou por ele. E deu-lhe de presente um tamborzinho.

O macaquinho tão inteligente e esperto aprendeu logo a tocar o tamborzinho e ficava tocando o dia inteiro, se divertindo. Andou, andou, passeou em todos os lugares da Lua, tudo para ele era uma grande novidade. Mas aconteceu que, com o passar dos dias, aquele macaquinho de quem a Lua tanto gostava começou a ficar triste e com vontade de ir embora para casa.

— Mas por que você quer ir embora, macaquinho?

— Porque eu sinto saudades da minha terra: das palmeiras, dos coqueiros, das acácias, das bananeiras, dos poilões, dos meus amigos, dos meus parentes...

A Lua o olhou com muito carinho e disse:

— Está bem, macaquinho. Você pode ir embora. Vou preparar a sua descida.

Olhando-o com muito carinho, ela pediu que ele se sentasse no tamborzinho, e, amarrando-o com uma corda, lhe disse:

— Olhe, macaquinho do nariz branco, você vai descer com o tamborzinho que é para você levar de presente para os homens da Terra. Mas não toque o tamborzinho até você chegar à Terra, combinado? Somente quando chegar lá você toca forte o tamborzinho e assim eu escuto e solto a corda, é um sinal de que você já chegou. Entendeu? Não toque antes, porque pode me confundir, eu achar que você chegou e soltar a corda. É perigoso, você pode morrer.

O macaquinho, todo feliz da vida, foi descendo amarrado no tamborzinho. Mas no meio do caminho, distraído como ele era e com aquela vontade de tocar o tamborzinho, deu uma tocadinha, depois outra, depois mais uma. Aí ele se empolgou e começou a tocar o tamborzinho pra valer, porém bem baixinho. O vento levou o som do tamborzinho pelo ar e a corda começou a vibrar, despertando a atenção da Lua. Imaginando que ele já tinha chegado, ela soltou a corda.

O macaquinho, como uma pedra lançada do espaço, foi caindo desamparado na sua ilha, estatelando-se na praia. Lá ficou para sempre. Uma jovem que ia passando, alegre e cantarolando, viu o macaquinho estendido no chão com os olhos bem abertos olhando para o céu, com o tamborzinho ao lado, instrumento até então desconhecido na Terra. Mal refeita do susto, ela correu velozmente para a tabanca para avisar o povo.

Vieram todos saber do que se tratava. Mal descobriram o tambor, ficaram tão alegres e contentes que começaram a tocá-lo, nem esperaram pelos Grandes. Todos tocaram o tamborzinho: homens, mulheres, crianças. E começaram a dançar, acenderam fogueiras, cantaram, fizeram o primeiro batuque.

Depois disso, os homens construíram diversos tambores, de diferentes formas e feitios: grandes, longos, chatos, largos, compridos, pintados, coloridos. Por intermédio dos tambores passaram a se comunicar, a enviar mensagens, alegres e tristes, a anunciar festas e despedidas, nascimentos e mortes.

O tambor ficou como um instrumento querido para os africanos, que o utilizam em dias de festa e de tristeza, em celebrações alegres e tristes. Surgiu do céu aos trambolhões e caiu na terra africana para alegria dos homens. E foi assim também que o macaquinho de nariz branco fez a primeira viagem à Lua de que se tem notícia.

## GLOSSÁRIO:

Grandes — são os anciãos da aldeia, considerados os sábios.
Poilão — árvore muito alta, chegando a atingir mais de 50 metros de altura. Em São Tomé e Príncipe, é conhecida como oká; No Brasil, é conhecida como sumaúma e é considerada por muitas comunidades indígenas como a "mãe das árvores" ou "a gigante da Amazônia".

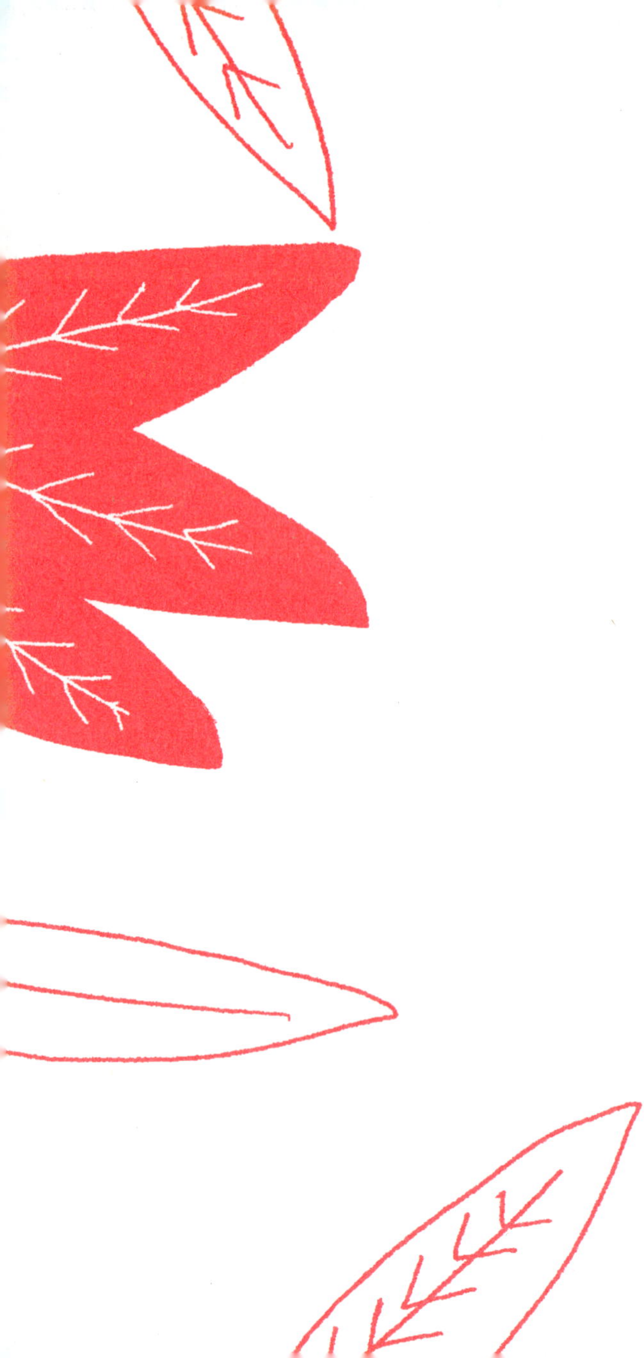

# MOÇAMBIQUE

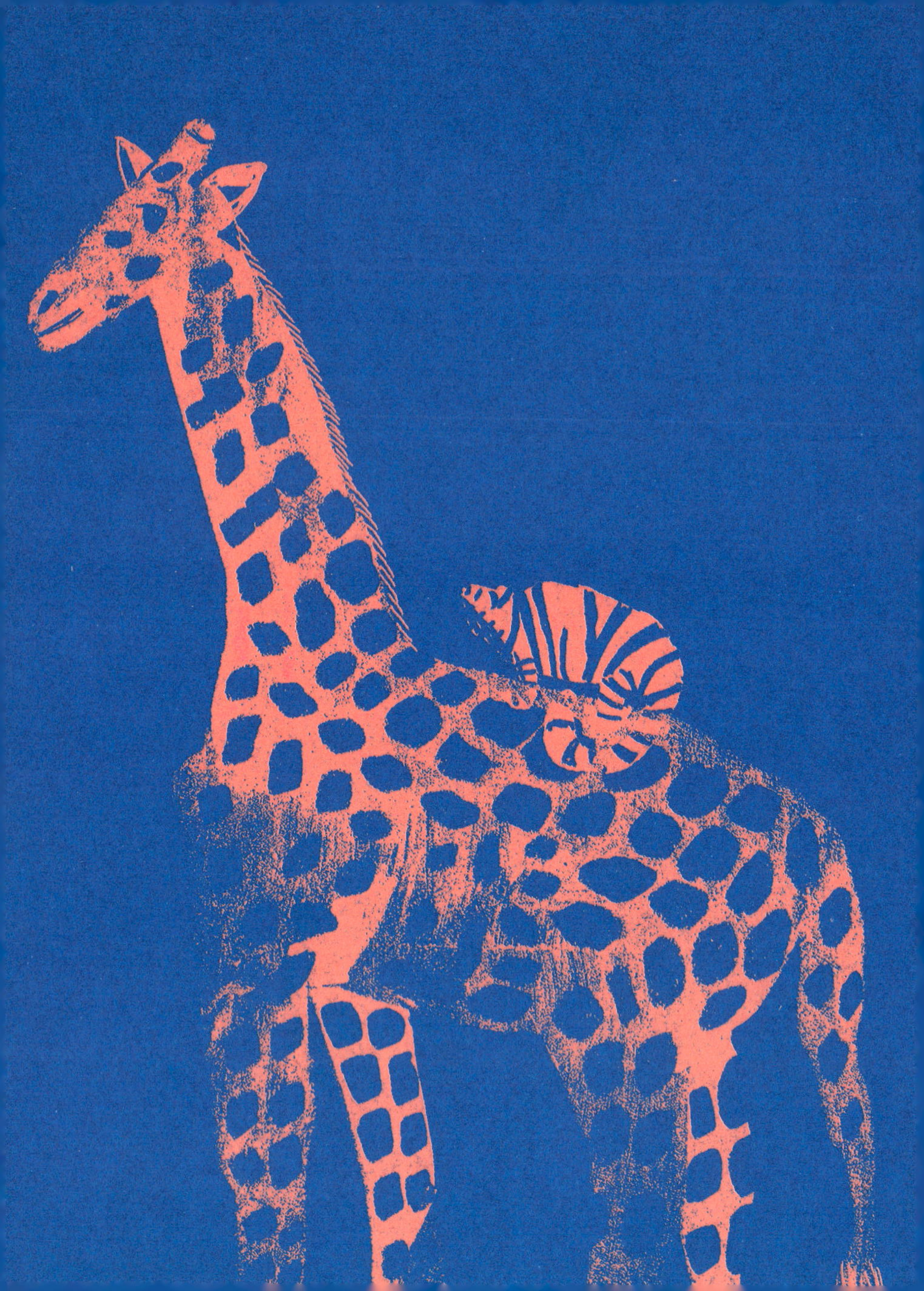

# O CAMALEÃO E A GIRAFA

No princípio do mundo, Deus vivia na terra.

Numa certa manhã de muito sol, Deus mandou o coelho chamar todos os animais para ter uma conversa com eles. E anunciou:

— Eu estou de mudança para o céu. Depois de amanhã cedinho venham todos aqui. Antes da minha mudança quero fazer uma reunião com todos vocês.

Deus então se despediu de todos os animais, da terra e do céu, dando conselhos a eles, como sempre fazia. Em seguida, os animais foram embora para suas casas. Alguns deles ficaram chateados com a mudança de Deus para o céu, outros não se importaram.

Passaram-se os dias. No dia marcado para a reunião, todos os animais saíram logo cedo e se encontraram no lugar combinado. Deus olhou-os com infinito amor e disse para todos os animais da terra e do céu:

— Como disse a vocês, vou me mudar para o céu. Aquele dentre vocês que me acompanhar e chegar primeiro ao meu lado mandará no mundo. Venham!

Assim que ouviu essas palavras de Deus, o camaleão mais do que depressa subiu no rabo da girafa discretamente para ninguém perceber. Agarrou-se ali e ficou escondidinho. Todos os animais começaram a correr desesperadamente para chegar primeiro onde estava Deus. E todas as aves começaram a voar agilmente.

A girafa, como tem pernas compridas e é ágil, foi a primeira a chegar. Ela ficou tão contente que já ia se sentar para descansar, quando o camaleão falou bem alto:

— Tome cuidado onde você senta. Eu estou aqui, cuidado para não me esmagar!

A girafa ficou muito surpresa de ver o camaleão ali, e perguntou-lhe com os olhos espantados:

— Como você fez para chegar primeiro aqui?

O camaleão respondeu tranquilamente:

— Cheguei primeiro porque corri muito mais do que você correu.

A girafa não acreditou, e ficou furiosa com a possibilidade de perder para o camaleão:

— É mentira sua.

O camaleão, cada vez mais tranquilo e devagar como sempre é, respondeu:

— Não, eu não estou mentindo. E depois, não é muito bom você se chatear por qualquer coisa. Preste atenção: para ser régulo não basta ter pernas grandes ou compridas.

Deus ouviu a resposta do camaleão e achou muita graça. Os animais que já haviam chegado ao local da discussão deram razão ao camaleão, e por isso ele foi nomeado régulo.

Dizem até hoje que o camaleão é lento e anda devagar para não pisar nos seus homens.

GLOSSÁRIO:

Régulo — o chefe da aldeia.

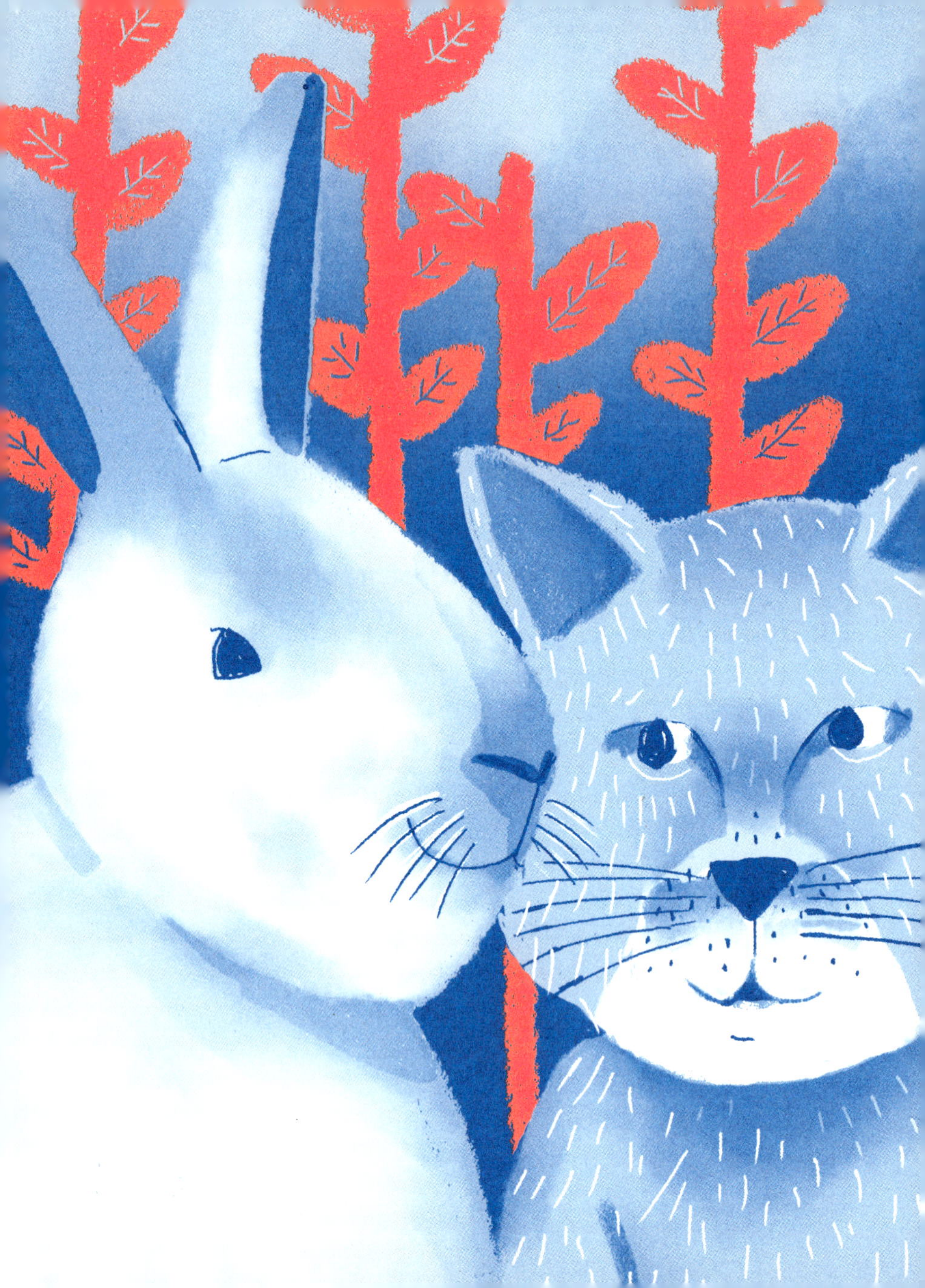

# O COELHO E O GATO-BRAVO

Se havia dois animais grandes amigos eram o coelho e o gato-bravo. Estavam sempre juntos, fazendo coisas juntos, brincando, andando pelos campos, fazendo planos.

Um dia decidiram fazer uma machamba de feijões, isto é, uma roça ou lavoura de feijões. Semearam dois tipos de feijões: o jugo e o encarnado. A diferença entre eles é que o feijão jugo dá embaixo da terra, como o amendoim, e o encarnado dá acima do solo.

Pois bem, eles conseguiram o terreno e começaram a lavrá-lo para a plantação. Até que chegou, finalmente, o dia da colheita. Colheram primeiramente o feijão jugo, e foram para casa.

Ao chegarem, foram imediatamente cozinhar o feijão jugo. Nesse momento, o coelho disse que iria até o poço buscar um pouco de água. O gato-bravo ficou sozinho, cozinhando. Quando o coelho percebeu que o feijão já deveria estar cozido, tirou a pele, escondeu-a no mato e reapareceu assustando o gato: "— Cunhado, cunhado, foge do pelado! Cunhado, cunhado, foge do pelado!"

O gato, apavorado, fugiu. O coelho então comeu todo o feijão jugo. Depois de comer, vestiu novamente sua pele que deixara escondida e retornou para casa. Fingindo-se de zangado, foi logo perguntando ao gato-bravo:

— Onde está o feijão jugo?

O gato, ainda assustado, respondeu tremendo:

— Veio aqui um bicho muito feio e me disse: "Cunhado! Foge do pelado! Cunhado! Foge do pelado!" Eu tive tanto medo que nem pensei duas vezes, saí correndo. Quando voltei ele tinha comido todo o feijão jugo.

O coelho, muito satisfeito porque o gato-bravo não percebera nada do seu plano, ficou calado.

Passados uns dias, foram novamente à machamba para fazer a colheita do feijão encarnado. Ao retornarem, novamente o coelho deu uma desculpa para sair, deixando o gato sozinho cozinhando:

— Amigo, enquanto você cozinha o feijão encarnado, eu vou tomar um banho rápido.

Novamente, o coelho tirou a pele, escondeu-a no mato, e regressou gritando:

— Cunhado! Foge do pelado! Cunhado! Foge do pelado!

Mais uma vez, o gato fugiu assustado. E o coelho refestelou-se com o feijão cozido, comendo-o todo. Depois recolou a pele e voltou para casa, interpelando o gato:

— Onde está o feijão encarnado?

Novamente, o gato explicou que fugiu de medo do bicho pelado que comeu todo o feijão.

Passados mais uns dias, foram novamente à machamba para colher um pouco mais de feijão encarnado. Ao voltarem para casa, quando o gato-bravo colocou o feijão no fogo, imediatamente o coelho saiu-se com a desculpa:

— Amigo, enquanto cozinha vou tomar um banho rápido.

O gato-bravo, desconfiado de tanta saída a cada vez que cozinhava, resolveu espionar. E seguiu o coelho. Vendo-o tirar a pele e regressar à casa, compreendeu toda a artimanha do coelho, e resolveu então dar-lhe uma lição. Pegou piripiri, que é uma pimenta malagueta bem ardida, e esfregou-a na pele do coelho. E com todo cuidado para não ser visto nem chamar a atenção, regressou à casa e deu de cara com o coelho pelado comendo o feijão.

O coelho, para não ser reconhecido, correu para o mato para vestir sua pele. Quando estava regressando à casa, seu corpo começou a arder, a pimenta começou a fazer efeito, ardia, ardia, e ele gritava e chorava de dor:

— Amigo, me ajude, não sei o que está acontecendo, meu corpo está ardendo todo. Ai, ai, ai.

O gato-bravo começou a rir:

— Fui eu que pus piripiri na tua pele para te dar uma lição. Você me enganou e comeu todo o feijão depois de cozido. Como você me enganou, também te enganei. Estamos quites.

O coelho ficou furioso e quis até bater no gato-bravo. Porém, ao ver as garras do gato, recuou e propôs novamente a amizade, reconhecendo seus erros, porque ficou com medo que o gato ficasse sozinho dono da machamba. Pediu perdão:

— Olhe, vamos esquecer tudo isso. Me perdoe.

Depois, como bons amigos, continuaram com a machamba, colhendo feijão jugo e feijão encarnado e dividindo em partes iguais.

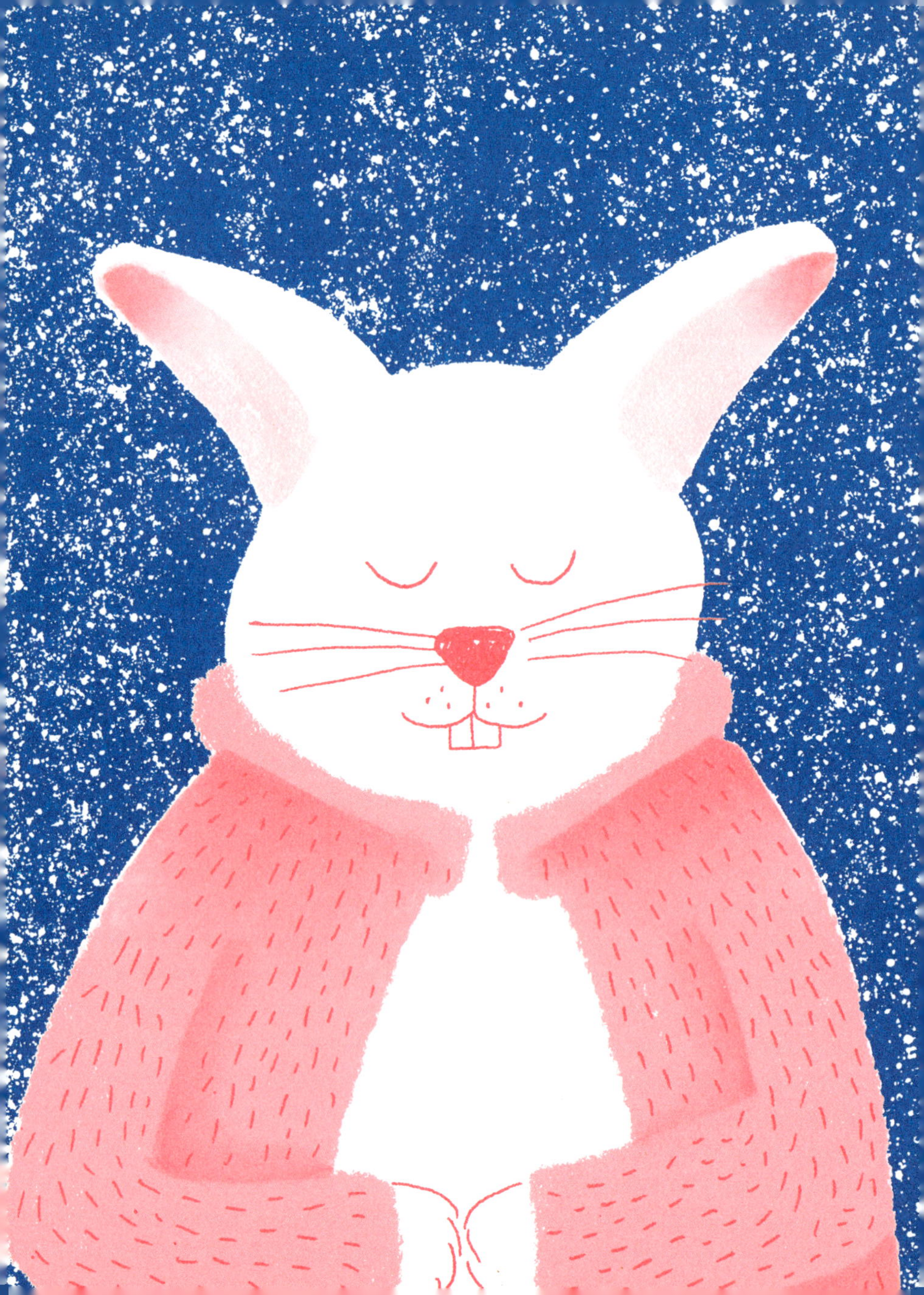

# O CASACO DE PELE DO COELHO

Antigamente, as mulheres usavam casacos de pele de animais. Isso era muito antigamente. Hoje em dia isso é muito raro de acontecer, porque as pessoas aprenderam a respeitar os animais e a preservá-los. Nunca pensei que um animal quisesse usar um casaco da pele de outro animal. Isso aconteceu. Foi com o coelho.

A história foi assim:

Um coelho muito vaidoso e friorento queria ter um casaco de pele de leão. Ele ficou um bom tempo arquitentando planos de como conseguir um casaco de leão; afinal, não é fácil caçar um leão e tirar a pele dele. Então, o coelho teve uma ideia. Os coelhos sempre têm muitas ideias.

Ele pegou uns paus parecidos com patas de animais e os levou para o alto de uma montanha. E foi assinalando o caminho com aqueles paus para imitar pegadas de um animal. Depois exclamou para um leão que descansava ali perto:

— Olhe, vi um lugar que é um caminho por onde passam muitos animais como gazelas, javalis, porcos.

O leão disse:

— Não me diga! Que interessante. Onde é este caminho? Estou interessado. Vamos lá caçar esses animais.

O coelho concordou imediatamente. E foram os dois para o caminho que o coelho preparou para enganar o leão. Quando chegaram lá, o leão viu as marcas das patas e se animou. O coelho disse para ele:

— Olhe, eu vou para cima da montanha, e de lá eu afugento os animais para baixo para você pegar. Só que tem um porém: feche bem os olhos, porque o javali tem uns dentes muito grandes e você pode se assustar.

O leão concordou. O coelho então foi para o alto da montanha, e o leão ficou embaixo, esperando a chegada dos animais que o coelho foi afugentar. O coelho deslizou para baixo três pedras. Ao ouvir o barulho das pedras rolando, o leão, pensando logo que era o javali sendo afugentado pelo coelho, fechou imediatamente os olhos e se preparou para atacá-lo quando ele passasse em frente. As pedras, porém, o atingiram em cheio, bem no meio da cabeça, matando-o.

Tão logo o coelho viu que o leão estava morto, tirou depressa sua pele e fez um belo casaco, e saiu a desfilar. Quando a hiena viu o coelho com o casaco ficou com muita inveja e quis saber do coelho como é que ele conseguira um casaco tão bonito. O coelho, muito vaidoso, disse que era muito difícil conseguir um casaco igual.

A hiena insistiu bastante:

— Eu preciso de um casaco assim, ele é muito bom e bonito. Por favor, me ajude a conseguir um casaco igualzinho a este.

De tanto insistir, o coelho acabou contando para a hiena como conseguira o casaco.

A hiena quis fazer como o coelho fez: arrumou os paus, fez as pegadas no caminho da montanha e disse para o leão que por ali passavam muitos javalis. Propôs para ambos irem caçar. E explicou para o leão:

— Senhor Leão, não fique o tempo todo com os olhos abertos. Feche e abra os olhos a todo momento, porque uma hora podem ser pedras, outra hora podem ser javalis.

O leão não entendeu direito o que a hiena quis dizer com isso: uma hora poderiam ser pedras e outra hora poderiam ser javalis. Então resolveu ficar de olhos bem abertos. Nisso, as pedras começaram a rolar ladeira abaixo em direção a ele. Ele se esticou todo no chão para se proteger e fingiu-se de morto. A hiena, pensando que o leão estava morto, chamou o coelho para ensiná-la como tirar a pele do leão. O coelho, muito espertamente, ficou de longe observando e percebeu que o leão estava bem vivo. Então gritou para a hiena:

— Comece por esfolar o leão pela pata dianteira!

Quando a hiena segurou a pata da frente do leão, ele mais do que depressa agarrou-a e a matou. O coelho, muito esperto, saiu correndo e se salvou.

E foi assim que a hiena foi morta porque quis fazer um casaco de pele de leão.

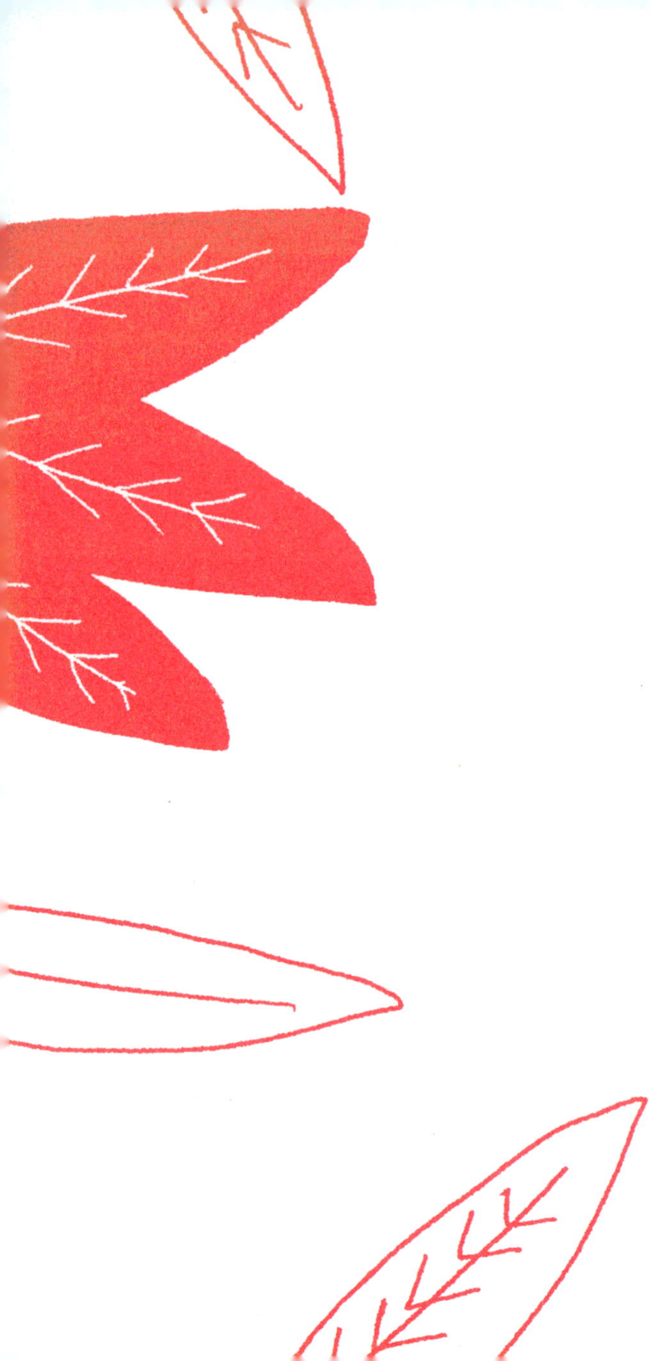

# SÃO TOMÉ E PRÍNCIPE

# A HISTÓRIA DE CANTA-GALO

Conta-se que há muitos e muitos anos São Tomé era o lugar onde todos os galos do mundo moravam. Em outros lugares não existiam galos, pois todos eles se concentravam em São Tomé.

Eles estavam em todos os recantos da Ilha, não havia um só lugar em que eles não estivessem cantando e fazendo algazarras: cocorococó, cocorococó. Dava a impressão de que a Ilha vivia em festa, com aquela algazarra interminável, pois os galos cantavam a todo momento e em todos os lugares.

A alegria dos galos incomodava muitas pessoas que não conseguiam fazer suas coisas, ficar em silêncio, repousar, porque o barulho e o cantar dos galos era quase ensurdecedor. Nem todas, porém, ficavam aborrecidas com os galos. Havia quem ficasse muito alegre e se sentisse contagiado pela alegria dos galos. Assim, apoiavam o canto dos galos e não se importavam com a algazarra que eles faziam.

No entanto, havia um outro grupo, muito mais numeroso, que não suportava mais a bagunça deles, nem seus cantos, nem sua presença. Bastava um galo abrir o bico para fazer cocorococó, e essas pessoas ficavam completamente irritadas.

Até que um dia, elas fizeram uma reunião e tomaram uma decisão: mandaram um recado para os galos, pedindo para eles irem embora da Ilha de São Tomé. Que emigrassem para um lugar bem distante, onde pudessem fazer algazarras e cantar à vontade, sem incomodar ninguém. E, se eles não fossem embora para longe, haveria uma guerra entre as pessoas e os galos, e quem ganhasse ficaria no lugar, os demais teriam de emigrar. E deram aos galos o prazo de dois dias para sumirem de lá.

Os galos, muito educados e cortezes, resolveram ir embora, emigrar para diferentes lugares. Convocaram uma assembleia para escolherem o rei que chefiaria a expedição.

Foi escolhido como rei um galo preto, muito grande, com pomposa crista vermelha. Então partiram, dando voltas e mais voltas em toda a Ilha, mas não encontraram nenhum lugar adequado para viverem. Depois de muito tempo, andando e procurando, encontraram um lugar que reunia boas condições para uma vida digna e alegre.

Todos se mudaram para lá e viveram muito felizes. Desde que se mudaram, jamais se ouviu os galos cantarem desordenamente, cada qual em uma hora. Não, eles passaram a cantar todos no mesmo horário e no mesmo lugar.

Os habitantes da Ilha passaram a chamar esse lugar de "Canta-Galo" e esse lugar existe até hoje em São Tomé, e tornou-se um importante distrito.

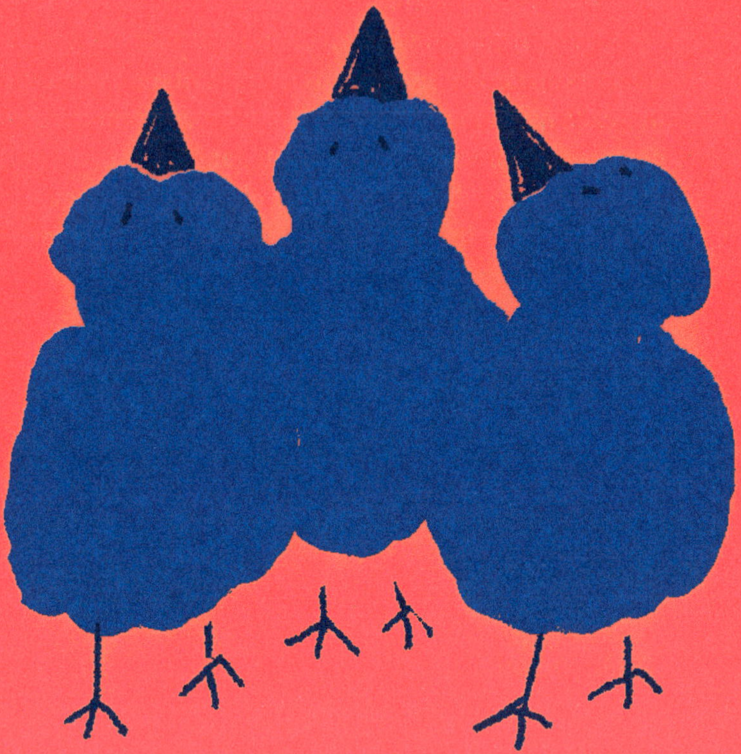

# O GALO, A GALINHA E O FALCÃO

Um lindo galo ficou com uma doença nos olhos e não havia remédio que o curasse. Ele sentia muitas dores e estava quase ficando cego. Essa situação o incomodava muito, fazia-o sofrer. Estava sempre triste.

Um dia estava se lamentando no terreiro, com dor nos olhos, quando um falcão que estava pousado num galho lhe perguntou:

— Por que você está assim tão triste? O que acontece?

O galo explicou para ele suas dores e sua doença, e que não havia remédio que o curasse.

O falcão disse:

— Eu posso te curar, mas em pagamento você terá de me dar um pintinho de cada ninhada que a galinha tiver.

O galo concordou imediatamente, sem nem consultar a galinha. Logo em seguida ficou completamente curado, como por milagre. Começou a enxergar normalmente, não sentiu mais dores. Muito feliz, voltou para junto da galinha e lhe contou que o falcão o tinha curado. Mas não disse quais foram as condições exigidas pelo falcão. Guardou isso como segredo.

Uns dias depois, a galinha teve uma ninhada de pintinhos. O galo mais do que depressa pegou um dos pintinhos, sob protesto da galinha, e o entregou ao falcão. A galinha ficou estarrecida, disse ao galo que não permitiria que o falcão devorasse nenhum dos seus pintinhos. Que o galo não tinha amor pelos filhos, e que apenas ela cuidava deles.

O galo não se importou com os lamentos da galinha, e a cada ninhada dava um pintinho para o falcão. A galinha não se conformava com aquela falta de sensibilidade e de consciência do galo, até que um dia ela perguntou a ele por que razão ele fazia aquilo.

Diante disso, o galo não teve outra alternativa a não ser contar para a galinha o acordo que tinha feito com o falcão. A galinha ficou furiosa, e disse que não iria permitir o acordo porque ela, que era a mãe, não tinha sido consultada. O galo insistiu, mas ela ficou irredutível: não iria permitir de jeito nenhum que o falcão devorasse um pintinho dela. E mostrou-se disposta a enfrentar o marido e o falcão para defender seus pintinhos.

Dali a uns dias, a galinha teve uma nova ninhada de pintinhos. Vendo que o galo não lhe entregava nenhum dos pintinhos, como combinado, o falcão investiu contra eles, tentando pegar algum pintinho. A galinha avançou sobre ele, com pés, asas e bicadas, fazendo-o fugir para não ser morto. Machucado, o falcão pousou em um galho e de lá disse para a galinha:

— O galo me prometeu, em troca da cura de sua doença dos olhos, que a cada ninhada que nascesse ele me daria um pintinho. Trato é trato. Vale para toda a vida.

A galinha, admirada, como quem não sabia de nada daquele trato, disse para o falcão:

— Eu não fiz nenhum trato com você, e também não fui consultada sobre nenhum trato. Por isso não vou entregar nenhum pintinho para você. E se você tentar pegar eu não vou deixar, vou defender meus pintinhos.

O falcão ainda tentou convencê-la:

— O galo fez o trato, trato é trato. Eu o curei da doença dos olhos, e por isso, em pagamento, terei de receber um pintinho teu de cada ninhada. O acordo é para a vida inteira.

A galinha não se convenceu nem se deixou intimidar, mas o falcão continuava cobrando o trato. É por isso que até hoje o falcão tenta roubar os pintinhos e a galinha os defende com unhas e bico.

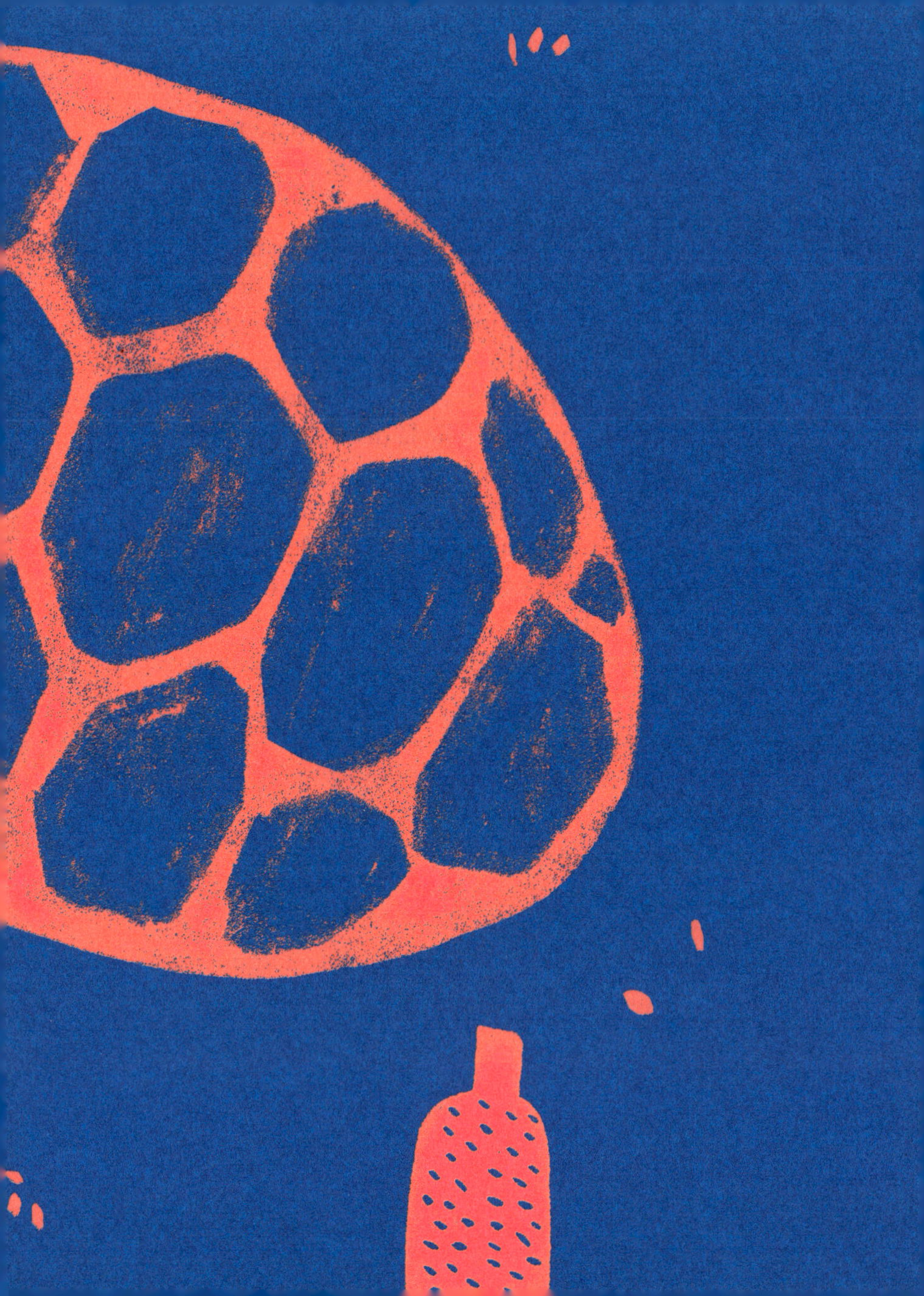

# QUANTO CUSTA UM ESCRAVO?

Sum Alê, o senhor rei, estava muito aborrecido, porque tinha muito trabalho para ser feito na lavoura e ninguém para ajudá-lo. Ele estava chateado, se lamentando, falando sozinho, pensando em como poderia fazer para não perder a produção de sua lavoura.

— Que vida mais difícil. Ninguém para me ajudar. O cacau já passou do ponto de ser colhido, está se estragando todo na roça. Só coisas ruins me acontecem. Tenho muita falta de uma mão-de-obra que me ajude no serviço da roça. Deste jeito não dá para continuar. Não sei o que fazer... eu sozinho não tenho forças, não aguento tanto trabalho, não consigo dar conta de tudo...

Nesse momento, chegou a tartaruga e ainda pôde ouvir o que Sum Alê estava dizendo. Ela perguntou:

— Sum Alê, por que tanto falatório? O que está acontecendo? Eu posso te ajudar em alguma coisa?

O homem respondeu, irritado:

— Deixe-me em paz.

A tartaruga insistiu:

— Olhe, eu tenho sempre boas ideias...

— Não me amole, suma daqui — exclamou o homem.

A tartaruga, muito calmamente, respondeu:

— É, vou mesmo embora, porque logo logo vai começar a trovoada.

O homem, mais calmo, disse:

— Espere um pouco...

— Sou toda ouvidos — disse a tartaruga.

O homem principiou:

— Estou chateado porque não tenho um escravo que me ajude na lavoura. Veja o cacau, está quase se perdendo. O que eu posso fazer se sozinho não consigo cuidar da colheita?

A tartaruga respondeu:

— Bem, um grão de milho é o preço de um escravo. Dê-me um grão de milho que eu lhe trago um escravo.
Sum Alê ficou mais irritado ainda:
— Não venha com gracinha para o meu lado!
— Não estou com gracinha. Com um grão de milho dá para comprar um escravo.
— Está bem, aqui está uma garrafa de milho. Desapareça da minha frente!
A tartaruga pegou a garrafa e foi embora disposta a conseguir um escravo. Ela andou, andou, e chegou até um terreiro, onde havia diversas galinhas esgaravatando a terra. A tartaruga então jogou um pouco de milho para elas, que começaram a comer. Depois a tartaruga desatou a gritar:
— Qui-da-lê-ô, qui-da-lê-ô...
Uma mulher surgiu correndo, perguntando o que tinha acontecido. A tartaruga mais do que depressa apontou uma das galinhas dizendo:
— Aquela galinha comeu o anel de ouro e pedras preciosas do Senhor Rei!
A mulher mais do que depressa, para evitar complicações, pegou a galinha e a entregou à tartaruga, dizendo:
— Tome, leve esta galinha, porque eu não quero problemas.
A tartaruga pegou a galinha e saiu toda satisfeita pensando: estou com muita sorte. E continuou o seu caminho, até que encontrou um pasto cheio de vacas. Mais do que depressa ela atirou a galinha para debaixo das patas de um boi. E começou a gritar a plenos pulmões:
— Qui-da-lê-ô, qui-da-lê-ô...

O dono das vacas apareceu assustado e perguntou o que tinha acontecido. A tartaruga disse, apontando o boi:

— Aquele boi matou a galinha de estimação do Senhor Rei!

O homem mais do que depressa entregou o boi para a tartaruga, com medo de complicações com a Justiça. A tartaruga seguiu adiante no seu caminho, puxando o boi por uma corda.

Andou, andou até que encontrou um homem fazendo covas para plantar bananeiras. A tartaruga largou a corda do boi. Ele, vendo-se livre, andou em direção às covas. Eis que caiu dentro de uma delas e quebrou a pata. A tartaruga desatou da gritar:

— Qui-da-lê-ô, qui-da-lê-ô...

O administrador da roça, que estava passando a cavalo conferindo o trabalho, ouvindo aqueles gritos acudiu, perguntando:

— Por que é que está gritando tanto?

A tartaruga respondeu:

— Aquele seu empregado aleijou o boi de raça do Senhor Rei. E agora?

Com medo de ter problemas com a Justiça, o administrador olhou de má vontade para o trabalhador e disse para o feitor da roça:

— Como paga pelo boi, entregue esse escravo para a tartaruga levá-lo ao Rei.

A tartaruga voltou para casa com o escravo e entrou aos gritos no Palácio:

— Sum Alê, Sum Alê!

Sum Alê veio correndo com os gritos da tartaruga. Mal ele chegou, ela já foi dizendo e empurrando o escravo para ele:

— Sum Alê, aqui está o escravo de que o senhor precisa. Não lhe disse que com um grão de milho se comprava um escravo?

GLOSSÁRIO:

Sum Alê — Senhor Rei, em forro ou língua santomé.

---

\* Esta fábula remonta à época da escravização, implantada por Portugal em São Tomé e Príncipe (e em outras colônias, como o Brasil). A história trata o escravizado como um animal ou mercadoria, prática comum no período. Em 1875 aboliu-se a escravização em São Tomé, mas o trabalho forçado em condições degradantes continuou até conquistarem a independência de Portugal, em 1975.

# POSFÁCIO

AVANI SOUZA SILVA

Cresci ouvindo histórias. Meus pais contavam muitas para mim e meus irmãos. Nem sempre eram conhecidas, como a do Chapeuzinho Vermelho, por exemplo. Muitas vezes, eram histórias da vida deles, das nossas, dos parentes, dos amigos, do lugar em que vivíamos, da natureza, ditados, provérbios, adivinhas. E até contos populares africanos, descobri anos depois.

Foi então que comecei a contar minhas próprias histórias. Algumas eu inventava, outras não. Pelo gosto com a palavra, estudei Letras e me tornei professora. Dei aulas para crianças e adolescentes, mais tarde ajudei a formar professores. Sempre contando histórias. Até que me apaixonei pelas narrativas infantis e juvenis contadas nos países africanos onde (também) se fala o português.

Depois de mais de vinte anos estudando (e contando) essas narrativas, decidi reuni-las em livro. Escolhi fábulas, lendas e contos tradicionais da forma mais diversificada possível, tentando mostrar uma particularidade de cada um dos países. Os textos de Cabo Verde revelam o ciclo de Blimundo e de

Ti Lobo, personagens que surgem em diversas variantes, em todas as ilhas do arquipélago. Em São Tomé e Príncipe, a tartaruga é o animal que aparece em quase todas as narrativas. Já na Guiné-Bissau, é a lebre; e, em Moçambique, é o coelho, por sua esperteza. O cágado, o leopardo e o leão são figuras constantes no fabulário de Angola. Nesta coletânea, busquei mostrar esse panorama.

Também decidi inserir no livro a fábula "Quanto custa um escravo?". Trata-se de uma história muito difundida em São Tomé e Príncipe e que aparece em várias antologias. Ao incluí-la, minha intenção não foi naturalizar o tratamento desumano dado ao escravizado. Ao contrário, pretendi mostrar como a literatura de tradição oral, mesmo aquela voltada para crianças, não é neutra: está impregnada da cultura e da História de seus povos.

São todos relatos muito antigos, alguns foram recolhidos e publicados já no século XIX. Eu apenas os recontei do meu modo. Isso acontece com as narrativas de tradição oral: são contadas de uma pessoa a outra, e nesse processo as histórias se expandem e se enriquecem. No meu caso, é a beleza da cultura viva africana recontada por uma afrodescendente.

"O Boi Blimundo", por exemplo, me foi contado por uma senhora cabo-verdiana chamada Armandina Tourinho Custódio. Eu mantive as músicas originais. Mas não quis que o Blimundo morresse e sua carne fosse distribuída para o povo e nem que a cabeça dele virasse um monumento na frente do palácio, onde o visitante depositava moedas. Então, deixei-o fugir bem fugido.

Agradeço a todas as pessoas da África e de Portugal que durante esses anos, sabendo de meu interesse pelas histórias e da dificuldade em encontrar as fontes de pesquisa, me trouxeram livros não editados no Brasil ou transcreveram antigas histórias que ouviam quando crianças. À jornalista Verónica Oliveira, de Cabo Verde, devo a tradução para o português das canções de Blimundo e uma amizade nutrida por conversas e remessas transatlânticas.

Eu espero que você tenha gostado das narrativas e que também invente as suas próprias ou faça suas versões como quiser, porque uma história contada nunca é igual: a gente sempre acrescenta ou tira alguma coisa. Agora mesmo já estou pensando: hum, a lebre bem que merecia uma lição.

# SOBRE A AUTORA

Avani Souza Silva cursou a graduação, o mestrado e o doutorado em Letras, todos na Universidade de São Paulo. É especialista em Língua Portuguesa pela Pontifícia Universidade Católica de São Paulo (PUC-SP). Desenvolve extensa pesquisa sobre cultura e Literatura Infantil e Juvenil dos países africanos de língua portuguesa e, atualmente, também pesquisa narrativas orais de Goa, Macau e Timor-Leste. Oferece consultoria em projetos de leitura e formação de leitores a partir de narrativas de tradição oral. Escreve regularmente em revistas acadêmicas impressas e digitais. Além de pesquisadora, também é ficcionista. Foi contemplada por duas vezes pelo programa de incentivo a obras de ficção do estado de São Paulo, o PROAC.

© *Copyright* desta edição: Editora Martin Claret Ltda., 2019.

Direção
MARTIN CLARET

Produção editorial
CAROLINA MARANI LIMA / MAYARA ZUCHELI

Direção de arte
JOSÉ DUARTE T. DE CASTRO

Diagramação
GIOVANA QUADROTTI

Ilustrações de capa e miolo
LILA CRUZ

Revisão
WALDIR MORAES

Impressão e acabamento
BARTIRA GRÁFICA

A ortografia deste livro segue o novo Acordo Ortográfico da Língua Portuguesa.

Dados Internacionais de Catalogação na Publicação (CIP)
(Câmara Brasileira do Livro, SP, Brasil)

Silva, Avani Souza
A África recontada para crianças / Avani Souza Silva; – São Paulo: Martin Claret, 2020.

ISBN 978-85-440-0279-7

1. África – literatura infantojuvenil I. Título

20-32910                    CDD-028.5

Índices para catálogo sistemático:

1. África: Literatura infantil:   028.5
2. África: Literatura infantojuvenil   028.5

Iolanda Rodrigues Biode – Bibliotecária – CRB-8/10014

EDITORA MARTIN CLARET LTDA.
Rua Alegrete, 62 — Bairro Sumaré — CEP: 01254-010 — São Paulo — SP
Tel.: (11) 3672-8144 — www.martinclaret.com.br
4ª reimpressão — 2024.